真波 潜
Illust. ふか
真実の愛を見つけたから
婚約破棄、ですか。
構いませんが、本当にいいんですね？
～王太子は眠れない～
宝島社

ルーニア・ウェル
ウェル伯爵の一人娘であり、
ジュードの婚約者。
感情が表に出にくいため
誤解されることが多い。
ジュード・マルクセス
マルクセス王国の王太子。
誠実で真面目な性格だが、
暴走することも……？

プロローグ

神の加護

【安寧の神】

私は怒りに震えていた。自分の旦那の考えなしにはほとほと呆《あき》れていたが、これは明らかにやりすぎだ。

「アンタァ！」

「はいっ！」

ここは天界と呼ばれる場所。私たちのような神と呼ばれる存在が住まう、絶対的な場所。

私は安寧の神と呼ばれている。人間の世界……下界に安寧をもたらす存在で、闘争の神の影響による闘争心の肥大を抑えたり、人間の負の感情というものに常に働きかけて和らげている。

闘争からは成長や発展が生まれるし、悲しみや怒りから得るものもある。何事もバランスが大事だから、私たち神は下界を気にかけ、常に滅亡に至らないよう、遍《あまね》く力を行き渡らせている。

真実の愛を見つけたから婚約破棄、ですか。構いませんが、本当にいいんですね？

〜王太子は眠れない〜

真波 潜

Illust.
ふか

宝島社

CONTENTS

ヴィンセント・ボルダ
マルクセス王国宰相の次男。ジュードとルーニアの幼馴染だが、ルーニアに対して秘めた思いがあり……。
リューク・サルパン
サルパン男爵家の次男であり、ジュードとルーニアの幼馴染。個性豊かな幼馴染に振り回されるのが満更でもない。
ミナ・ペリット
低級貴族の娘。城下町の食堂で働いていたところ、ジュードと恋に落ちたというが……？

そう、私が怒っているのは、自分の旦那がそのバランスを崩すような真似をしたからだ。

私は確かに安寧をもたらす力を持っているが、性格は喧嘩《けんか》っ早くて、手がつけられないと、他の神に思われている。自覚もある。

頑健の神と結婚して、幾星霜。彼は半裸の筋肉の塊のような姿で、頼り甲斐《がい》があって男らしい姿の男神ではあるが、実のところは気が小さく押しに弱い。ちなみに、私の外見は性格に反して足首まで伸びる長い髪と、垂れ目がちなおっとりとした容姿の女神とされている。

彼はあらゆるものに頑健さを与える力を持っていて、それは揺らがぬ山であったり、多少の傷や病をはねのける肉体や精神的な強さを持った人であったり、対象は様々だ。

その旦那がやらかした。

「何やってんだい⁉　人の子に、なんて加護を与えたんだ！　理由を言ってみな！」

「ご、ごめんよぉ……、この国はいい国だから、王子がずっと健康でいたらいいと思って……いいことだと思ったんだよぉ」

「赤子が眠れないなんて苦痛でしかないに決まってるだろ！　なんで今まで加護を成長と共に徐々に力が強まるように与えてきたと……っはぁー、アンタの頭じゃそこまで回らないか……」

神は、時にバランスを取る他にも、加護、というものを特別に与えることがある。

頑健さは人間だけではなく、災害を防ぐ山や、山の主として長く生きる動物にも与えられる。

その人間の生涯が下界にとって良い影響になる、という人間に特別な加護を与える。

ただ、加護を与えるにも手順があり、特に生き物に与える場合は肉体の成長に伴って加護が強まるようにする。そうでなければ、自分で制御できない加護という力が、悪い方向に働くことがあるからだ。

加護の影響で、気味が悪いと親に捨てられ餓死する子。自分の加護が強すぎて他者と壁を作り孤立してしまう子たちがでないように。

無機物に加護を与えるより、生物に加護を与える時は慎重に行わなければならない。

「や、やりすぎたと思ってるけど、取り上げるわけにもいかないだろ……。魂に癒着してるんだから、取り上げたら死んじゃうよ……」

私は諦めの溜息《ためいき》を吐《つ》いて下界をじっと見下ろした。

この男の尻拭いのために人の子に加護を与えるなんて可哀想《かわいそう》なことをしたくはないが、それでも私もあの国はいい国だと思う。妻を亡くしたばかりの国王も、いい奴だ。

加護には、もう一つ制約がある。加護に耐えられる自我を持つ魂にしか与えられないというものだ。

頑健の加護を常人に与えると、肉体が無理に活性化され、肉体が弾け飛んでしまうこともありうる。他にも、精神に恩恵を与える加護であれば、常人相手だと精神を一方向に引きずられてしまい、感情を自分でコントロールできなくなると言われている。その器から溢《あふ》れ出す程の力を与えては、魂が先に壊れて正常ではいられなくなってしまうのだ。魂の器の大きさとでも言えばいいだろうか。

王子はちょうどその器の大きい魂を持っていた。馬鹿《ばか》が考えなしに加護を与えても、肉体が弾《はじ》けなかったのは、加護を受け容《い》れる魂があった為だ。

「ちょうどいい子がいるじゃありませんか」

声を掛けてきたのは……運命の神。下界では予言の神とも言われている。

過去と未来とが繋《つな》がっているせいで、存在が曖昧《あいまい》で、姿が毎度違う。嘘《うそ》を吐くことができない、という制約も持っている。彼が口にしたことで未来が変わることもある強力な力を持つ神だ。

だが、運命力というのは神よりも強い力を持っていて、運命の神が故意に嘘を吐いて未来をいたずらに変えようとすれば、その神を消滅させて、運命は正道に戻ろうとする。結果、彼は何もかもを知っていながら、真実しか口にできない。

運命が正道に戻るには多大な時間が掛かる。

例えば、運命の神が、運命にはない戦争が起こると言ったのなら戦争は起こる。しかし、その代わり運命の神は消滅する。戦争が起こった後、運命が正道に戻るよう働くと、辻褄《つじつま》を合わせるように人の世界は何かしらの良い反動を得る。

だが、その時に失われた命が戻ったりはしない。

危うく、怪しく、多大な影響力を持ち、それ故に運命の神の意思でなかった未来を捏《ねっ》造《ぞう》しようとすれば存在が消えてしまう。

「ほら、あの御母堂のお腹《なか》の中の子。今生まれようとしている女の子。あの子なら安寧の加護に耐えられるでしょう」

運命の神が指差す方向には、今日にも出産がはじまりそうな優しそうな女性と、それに寄り添う男性がいた。幸せそうな新婚の夫婦に見える。彼女のお腹に宿る子の魂は、確かに加護を受け容れられる器があった。

他に今加護を与えられる存在は見当たらない。

私の加護が作用して、頑健の加護に苦しんでいるあの王子を救ってくれるのはあの子だけだろう。

「アンタには辛《つら》い思いをさせるね……、きっと少ししたら、いい未来が待っているからね」

そっとその子に加護を注《そそ》ぎ込む。私の力をぐんぐんと、その生まれる前の赤子は吸っていく。まるで与えられるのを待っていたかのように、強く加護を持っていった。目が覚めるかも怪しいが、運命の神は『嘘を吐けない』のだから信じよう。

「アンタらの未来に、幸あれ」

私は加護を授けた女の子と、旦那が加護を授けた王子が出会うまで、じっと下界を覗《のぞ》いていた。

加護がお互いに作用している。こんな強い加護を持って生まれる子は、後にも先にもこの子たちだけだろう。

どうか、この子たちに安らかで幸せな人生が待っていますように。

1 私は王宮に住んでいます ―ルーニア―

私はルーニア。ウェル伯爵の一人娘。赤子の時から王宮に住んでいる。

両親とも幼い頃は毎日、今も週に一～二回は会えているし、この暮らしに不満はない。それこそ物心がつく前からのことなので、違和感を覚えたことがないだけなんだけれど。

ジュード・マルクセス王太子殿下の婚約者だったりもする。

それも同じく、物心がつく前……赤子の頃から。

逆かな、王太子の婚約者だから、王宮で暮らしているというのが正しいのかも。

それにも特に不満はない。

ジュード殿下は、ミルクティーのような薄茶色の髪に新緑の瞳をした、優しい王太子。整った顔立ちに知性を湛《たた》える眼差《まなざ》し。

私という婚約者がいなければ結婚の申し込みが殺到していただろう。

剣術や弓術、乗馬で鍛えているからか、18歳の今では、上背《うわぜい》は高く、身体も逞《たくま》しくなってきた。

私は特段背が高い訳ではない。同年代の女性と大体同じ背丈なので、少し高いヒールを履いて並んでもジュード殿下を見上げる形になる。

赤子の頃からの付き合いだが、ちゃんとお互い好きだと認識し合っている。

今更照れくさくて言葉で伝えたりはしないけれど、殿下は思い遣《や》りをもって接してくれているし、私も思い遣りや好意を、行動の端々で伝えている。

小さい頃は……、絶対幸せになろうね、とか、好きです、とか言っていたけれど、今はその言葉が無くても通じ合えている自信がある。

私は紫紺の髪に菫《すみれ》色の瞳をしている。目鼻立ちも、自分でも悪くないとは思っているけれど、特に肌は大理石のように滑らかだとか、凛《りん》と咲く紫紺の薔薇《ばら》のようだ、なんて夜会などでは褒められることが多い。

愛想や愛嬌《あいきょう》とはあまり縁がないから可愛《かわい》いとは言われないけれど、殿下といる時に、お世辞でもお似合いですね、と言われるのは嬉《うれ》しい。日焼けしないようにしたり、化粧や服装に気を遣って、いつでも隣にいて恥ずかしくないようにと頑張れる。

婚約者が決まっているから、婚約者募集中の同年代の女の子たちほど他人にどう思われるかには興味がない。それでも殿下の隣にいる努力はしてきた。

ただ、ジュード殿下は誰にでも優しすぎるきらいがあるし、私は少し無愛想という欠点がある。

ジュード殿下は困っている風の人には男女問わずに親身になるし、女の私から見れば嘘泣きだと分かるような女性の言動にあまりに共感しすぎる。ただ、それだけで下手に動くことはなく、ちゃんと裏をとるようにはしているので大きな問題になったこともないし、殿下に対して嘘を吐くような真似をする人は年々減ってきた。

けれど、本当に困った時に、いきなり殿下に頼るような貴族は、少々王室を甘く見ているようにも思う。貴族の間にだって親戚づきあいや、親しい友人というものがいるはずである。殿下に頼れば鶴の一声で片が付くこともあるだろうが、殿下は殿下で忙しいのだ。

しかし、それは私がどうこう言えたことではないのは確かだ。

私に向けられるのは羨望と嫉妬、どうにかして排除できないかという敵意を含んだ言葉と視線。愛想笑いをするのも馬鹿らしくなるほどの周囲の露骨な態度にうんざりし、実は社交界の女性の中ではちょっと浮いてしまっている。おかげで、女友達と呼べる人はいない。

王太子の婚約者としての社交活動は盛んに行っているけれど、私の隙を見つけて攻撃してやろう、という人間の前で気は抜けない。おかげで、仮面のような微笑を貼り付けるのがせいぜいだ。愛想がいいとはとても言えない。

私に対して心を開いてくれる友人は……今はもう、幼馴染《おさななじみ》くらいしかいない。その幼馴染も王宮で働いたり、どこかで騎士をしていたりする。私とは接点もあまりなくなった、本当に親しい友人たち。

笑顔の練習を頑張らなきゃ、と思いながら、そんな暇があれば木陰《こかげ》で昼寝がしたい、という気持ちもある。要は、ジュード殿下のためにも愛想笑いを身に付けようとは思うが、そんなことをしなくてもいいだろう、という甘えだ。

そのままでも受け入れられている、という甘えは、私の中にも、彼の中にもあるだろう。

ジュード殿下のお母様……王妃《おうひ》様は亡くなられている。ジュード殿下のお産の時にだ。陛下は愛情深い方で、その後誰かを妻にすることはなかったらしい。側室もいらっしゃらない。

私は、ジュード殿下より先に死んでしまう気はないが、殿下も愛情深い方だ。私もそんな風に大事にされたいな、なんて思う。

長い渡り廊下を歩いて多国語とマナーの授業から、次は政治と経済の授業を受けるために資料室近くの部屋へと移動しながら、とりとめもなくそんなことを考えていた。

資料の量の関係で、政治経済の授業の時は私が自室から移動して授業を受けている。

王太子妃教育は多岐にわたるが、王宮という場所に住んでいれば、特に問題なくこなしていける。

普段当たり前すぎて考えることのないようなことを、つらつらと考えている。

でも、私はそれを止《や》めることができなかったし、ただなんとなくそういう日なんだろうと思っていた。何か特別な記念日という訳でもないし、気分の問題だろうと。

単なる詰め込み授業ではなく、最近は日々変動する政治や経済の動きから先を予想する、より実践的な授業だ。社交の場で話についていけないようでは、王太子妃として失格だ。

王宮での暮らしは勉強ばかりではないし、殿下とお茶をする時間もある。まだ婚約者であるにも拘《かか》わらず、陛下は予算を組んで私のドレスを仕立ててくれたりもするし、食事も美味《おい》しい。

むしろ、実家に帰ったら舌が肥えていてまずいことにならないか、と不安になる。

……なんで実家に帰るだなんて思ったんだろう。

とりとめもないことを考えている上に、気持ちもやや落ち込んでいる。

嫌な予感がするというか、虫の知らせとでもいうべきなのか、何か落ち着かない気分を抱えているが、理由が判然としない。ので、とりあえずいつも通りの行動をしていた。

いつも通りではなかったのはここからだった。

授業の教室前につくと、そこにはジュード殿下がいて、もたれていた壁から体を離す。

「ごきげんよう、殿下」

「あぁ、ルーニア。……すまないが、授業は中止だ。話があるんだ、そこのサロンに来てくれないか？」

「？　はい、かまいませんよ」

小さめのサロンにはお茶の用意もされておらず、私と殿下は味気ないテーブルを挟んで向かい合って広いソファの真ん中に一人ずつ座った。

待ち伏せていたのにお茶もないだなんて、世間話ではないことが彼の表情と状況からひしひしと伝わってくる。

言いにくい話なのだろう。手を組んだ殿下が、そわそわと指を擦り合わせてどう切り出そうか考え、そして、大きく息を吸って吐いた。覚悟を決めたらしい。

「私との婚約を破棄して欲しい」

やはり、嫌な予感は当たっていたようだ。

「……正気ですか？　ジュード殿下」

「これ以上ない程正気だ」

いいえ、全く正気の沙汰ではないのでお尋ねしたんだけど。

酔っ払っている人の酔ってない、と、正気じゃない人の正気だ、ほど信用できない言葉はない。

だって、この婚約を解消したら……一番困るのは、ウェル伯爵家でもなく、王家でもなく、殿下自身なのに。

その辺、本当に覚悟があるのかしら、と私は表情筋を動かさないように努めながら考えて、殿下の目をじっと見つめていたが……だめだ、どうやら本気のようだ。

どうしようかな、と思った。殿下のことは好きだけれど、殿下が私と婚約破棄したいくらい私に気持ちがないのなら、このまま結婚しても幸せにはなれないだろうし。

「理由をうかがっても?」

「承諾してくれるのか?」

「いいえ。まずは理由をうかがいませんと。私もさすがに傷付いてますよ、殿下」

その顔で? という表情を一瞬したジュード殿下も、長年の付き合いなので私の言葉が本心だというのは読み取ってくれたようだ。もしくは、表情筋を動かさないようにしていても、ショックを受けているのは隠しきれていなかったのかもしれない。

「……それは、すまない。理由の一つ目は、私はルーニアを家族のように思っている。女性として……見ることができない」

これは割と傷付いた。いっそ、聞かずに承諾した方がよかったかもしれない。

ん？　一つ目？

「……二つ目があるんですか？」

「あぁ。――入っておいで、ミナ」

ガチャリ、とサロンの扉が開いて、一人の少女が入ってきた。

その容姿が可愛らしいことは見て分かる。金色のウェーブがかかった髪に、赤いリボンを結んだ、青い瞳の女の子。男性から見れば、華奢《きゃしゃ》で守ってあげたくなるタイプだろうな。少し年下かしら、と思いつつ、どちらかというと気になるのは身形《みなり》の方。

明らかに平民……に見えるのだけれど。よく王宮に連れてきましたね、殿下。

一体どこに隠れていたのだろう。侍女にしたって王宮の廊下を歩く服装ではない。

白いよれ気味のシャツに赤いプリーツスカートで、顔や腕は少し日に焼けていて、手も荒れている。

このくらいなら数年王宮で暮らせばどうとでもなるので、見た目はいいとして……さて、教養や教育はどうなるのかな。

王太子殿下とその婚約者の伯爵家の私に対して、彼女は入ってくるなりすぐに殿下の右斜め後ろに控えた。つまり、私に対して上座に立っている。

正式な紹介もない間に下座に控えない、というだけで怒り出す人は当たり前にいるだろう。

不愉快さはないが、自分の中の常識と違うことをされて、思わず首を傾《かし》げてしまった。

私はそこまで身分差に口うるさくはない方だけれど、教養の一つとして立ち位置や歩き方、座る場所、喋《しゃべ》る順番というのは徹底的に仕込まれた。

「ペリット子爵の娘、ミナです。……すみません、平民のような身形で。我が家は貧しいので、外で働いております」

「そして、私が見つけた真実の愛の相手でもある」

あ、大体話がつかめました。

殿下はお忍びで街に出かけた時に彼女に出会い、同情心や新鮮さから恋をしてしまったわけだ。

それは、まぁ、自分は正気だと言うでしょう。恋とは、思い込みと勘違い、とは授業で習いませんでしたか？　私は習ったんですけど。そして、尊敬を持って相手を想う、それこそが愛だと。

「王太子のうちに市井の様子も見ておけ、というのが父の方針だったので、護衛騎士と共に時々城下町に出ていた。護衛騎士は休日にはこの食堂で飯を食べるんですよ、と言って私をそこに案内し……そこで働くミナに出会った。目と目が合った時に、こう、まるで時が止まったような感覚を覚えて……後で聞いたのだがミナもそうだったという。

そして、にっこりと微笑《ほほえ》まれた時、今まで感じたことのない胸の高揚を覚えた」

恥ずかしそうにミナ様が頬を押さえて視線を下げる。これが可愛げ、というものなのだろうか。だとしたら、私には一生身につかないかもしれない。

だって、とても冷めた目でその仕草を見つめてしまったもの。

私の平素以上の無表情に、殿下は何を思ったのか聞いてもいない、続き、を話し始めた。まるで言い訳するようにも聞こえるし、どれだけ本気なのかを私に説こうとしているようにも思える。殿下がいくら本気であっても、私の心に対してなんの慰めになりますか？

「たった一度の出会いで決めた訳ではない。その後も市井の様子を見て、父の治世がどう反映されているのか、様子はどうか、何度も見に行った。そして、その度に食堂に寄り、いつも健気《けなげ》に働く彼女の身の上を聞く機会があり……どうにか庇護《ひご》できないものかと考えた。そう、そんなことを考える時点で、私の心は彼女にあるのだと自覚してしまった」

殿下の隣に座らない位の常識はあるようだけれど、ミナ様が恥ずかしそうに身を捩《よじ》る姿が、演技っぽいなぁ、と感じてしまうのはスレすぎかな。

「両親が、借金で身を持ち崩したという。その為に、ペリット子爵には文官の監視が付き、娘であるミナは市井で平民に混ざって働かなければならない。今は子爵の働いた分は全て返済のためにあてられ、ミナがその日の食い扶持《ぶち》を稼いでいるそうだ。贅沢《ぜいたく》もせず、質素に暮らしている。ミナの身形を見れば分かるだろうが、これが貴族の格好であっていい理由はない。平民の為を思い、責任を負い、領地を運営するからこそ貴族は税金を受け取り、それを領地に還元する。それに見合った生活をすべきなのに、ただ両親の運が悪かっただけでミナが苦労をする必要は全くない。しかし、ミナは健気にも……自分の家族のことですから、私がしっかりしなければ、と言うのだ」

確かに子は親を選べないので身の上には同情しますが。

こんなに長く話すジュード殿下はいつぶりだろう、というのを考えていないと眠ってしまいそうだ。

ショックで傷ついてもいるというのに、何故私はまだ婚約中の男性の、他人との恋路を長々と聞かされているのだろう。しかも、その相手の女性が目の前にいる状況で。

「……あの、殿下。本当にこのかたは、殿下の婚約者でいらっしゃるのですか？　ここまで言われて涙も零《こぼ》さない、私に対しても最初から微笑みかけてもくれないですし、なんだか……殿下にふさわしいおかただとは、私には思えないです」

傷に塩を塗られても私の表情筋は少しも動こうとせず、涙は出て来る方法を忘れたかのように一滴も零れない。

今感じているのは、殿下を引《ひ》き留《と》めようという気が全く起こらない、という気持ち。

ミナ様の言う通り、本当に、私は可愛くないのだろうなと思う。だけど、そんな失礼な言動をするミナ様を窘《たしな》めもしない殿下には、大きな虚脱感とともに怒りすら感じる。ばかばかしくなってきてしまった。

なんで婚約破棄の話をされた私が、新しい殿下の女性だというかたに微笑みかける義理があるのかな？　涙が出ないのは確かに情がなく見えるかもしれないとしても、少なくともミナ様に笑いかける理由は小指の先ほどもないいんだけれど。

ジュード殿下は誰に対しても優しいが、特に困っている相手や弱者に対しては、本当に付け入られるのではないかというほど優しい。だけれど、その優しさも過ぎると他人を傷つけることもあるのだな、と思い知る。

こうして私に正直にすべてを打ち明け、婚約破棄を申し出るあたりは、優しく誠実、ではあるのだろうけれど、順番が違わないだろうか？

せめてミナ様を連れて来る前に私と二人で話そうとか、私に相談するとかはできなかったものだろうか。

それから、ミナ様の無礼な発言を放置しないで。私にも優しくしてくれませんか。それとも、恋とやらをすると、殿下の中ではすでに『異性』として見られない私は庇《かば》う価値も擁護する理由もありませんか？

自分の胸の内が珍しく荒れ狂っている、と感じてはいる。それを表面に出すのは、酷《ひど》く難しいことで、私の表情はやはり微《かす》かにも動かないようだ。

そんな私にとどめを刺すように、殿下は熱心な瞳で、拳を握って話を続ける。

「ルーニア、私は真実の愛を見つけた。このミナこそ、私が守ってやりたいと、感じたことのない胸の高鳴りを感じる相手だと分かった。……頼む、このままでは誰も幸せになれない。婚約破棄を承諾してくれ」

私は少し考えるフリをして（この時点で、もういっか、という気分にもなっていたので）ため息を吐くと表情筋を駆使して、無理やり悲しげに見えるように微笑んでみた。

少しは私が傷付いていることも理解してくれると嬉しいのだけれど。その、ミナ様に向ける熱意の半分くらいでもいいから。

だけど、思い込みと勘違いだと教わった恋というものは、こんなにも殿下の態度を変えてしまうのか。

真実の愛、というのが恋の言い換えなのだとしたら、私から殿下への気持ちこそ勘違いだったのかもしれない。未練は山ほどあるし、到底承服したくないけれど、真正面から振られて、しかもその真剣な顔の殿下の後ろには、さっさとどこかに行きなさいよ、とばかりに涙目で私を睨《にら》んでいる女性がいる。

自分の感情を今飲み込んででも、この場を早く去ってしまいたい。私は殿下を愛していると思っていただけで、絶対に譲るものか、という気持ちは一滴も湧いてこない。

これが、勘違いしていた、というものならば、何と心の深いところで勘違いするものなのだろう、恋というものは。こんなに胸の奥が苦しくて痛いのに、今はそれが殿下に伝わってしまうのが嫌で仕方がない。悟られたくもない。とにかく、この場から逃げ出したい。

私はジュード殿下のことを愛している。……いた、なのかな。もう、胸の中はぐちゃぐちゃでよく分からなくなったけれど、大切に思っているのは変わらない。

だからもう一度だけ。もう一度だけ『殿下の為に』聞いてみた。

「真実の愛を見つけたから、婚約破棄、ですか……。いいですよ。殿下は、本当によろしいのですね？」

「……あぁ、かまわない。ありがとうルーニア」

「なんでここまで言われてまだ確認されるんですの……？　それは、未練もあるでしょうけれど」

「貴女には話しかけていませんよ、ミナ様」

礼を言ったジュード殿下に不愉快そうに続けたミナ様をぴしゃりと切り捨てて、私は片手を胸に当てて一つ深呼吸した。

「ミナ様への想いが真実の愛だと言われれば、確かに私と殿下が結婚しても、誰も幸せにはならないでしょう。仕方ありません。私は長く王宮にお世話になりましたので、陛下にだけでもご挨拶《あいさつ》して退去します。末長くお幸せに」

陛下に、と言った時にサッと顔色が変わった。あぁやっぱり陛下にも言ってないのか。でも殿下の根回しが済むまで待ってあげる理由もないし、陛下に正直にお話して今日にも実家に帰ろう。

……寂しいな。私にとってはこちらが実家のようなものだから。家族のように思っていたのに……、夫婦になれば本当の家族になるはずだったのに。

殿下、婚約破棄をすれば私と殿下は家族のように一緒にはいられない。ちゃんと、理解していますよね。……ミナ様と顔を見合わせて嬉しそうに笑う殿下に、それを聞く気力はなく、一礼してサロンを後にした。

◇◇◇

真実の愛、とやらで結ばれた二人をサロンに残して、私は陛下のいる執務室に向かった。

陛下には実の娘のように可愛がっていただいたのに、なんなら実父より共に過ごした時間は長いのに、お忍びで出かけた先の女の子に恋をしたからという理由で関係が切れるだなんて……。

あ。なんかだんだん腹が立ってきたな。いや、でも、あそこまでコケにされると、逆に腹を立てるのも馬鹿らしいか。

婚約破棄、などといきなり言われて、別の女性を紹介されて、その出会いから真実の愛という言葉まで持ち出されて、一体私は何だったんだ、という投げやりでやけっぱちな思考と、こんな状況は長続きするはずがない、という考えが、私の心をかき乱している。

私は、殿下を愛している。けれど、殿下の愛とは形が違ったようだった。それが悔しいけれど、悲しいけれど、誰だって他人の心を意のままに変えることはできない。

しかし、こんなに胸の中は騒がしく、思考は支離滅裂なのに、本当に涙の一つも出てこなかった。無愛想ここに極まれり、というべきか、それともまだ心の整理がついてないせいなのか、自分にはもう王宮にいる資格がないことだけは理解していて、先のことは正常に考えられなくなっていた。

執務室の前にある取次部屋の使用人に、陛下に早急にお話があると告げると、すぐに執務室の中に入れてもらえた。

中にいたのは綺麗《きれい》な金髪に、ジュード殿下と同じ新緑の瞳をした、まだまだお若い40代半ばの陛下と、片眼鏡《かためがね》をかけ、くすんだ長い銀髪を引っ詰めにした陛下より多少年嵩《としかさ》の宰相《さいしょう》閣下だけだった。

お二人だけならこの話をしても大丈夫か、と私は一礼し、突然の訪問の非礼を詫《わ》びる。

「よい、よい。ルーニアは娘も同然、気にするな。しかし珍しいな。晩餐《ばんさん》の時ではならんのか？」

宰相閣下と何やら話し合っていた書類を机に置いて、陛下は私の話を聞く姿勢になる。

細かな所作がジュード殿下に重なって一瞬胸が痛んだ。

陛下はやっぱり優しい。仕事中だというのに、ちゃんと話を聞く姿勢で聞き流すような真似はしない。それに経験も相まって、今回のジュード殿下のように、優しさで他人を振り回す真似はしないと信じられる。

優しいだけでは国は治められないが、厳しいばかりでも人心は離れてしまうと教わった。優柔不断とは違う、優しいとは、時と場合、優先順位がちゃんと決まっている上での思い遣り……などと、ジュード殿下へのよく分からない嫌な気持ちが渦巻いている胸中で思う。

殿下と陛下を比べたって意味なんてないし、今までそんな風に思ったこともないのに。

やはり、動揺も傷つきもしているのだろう。だけれど、その不機嫌を陛下にぶつけるのは無作法にすぎるので、私は胸に手をあてて大きく息を吸って吐いた。

宰相閣下も驚きながらも耳を傾けてくれているようだ。

「えぇ、陛下。私が至らないばかりに、殿下に婚約破棄を申し渡されました。本日をもって王宮を退去し、実家に戻らせていただきたく思います。長年、大変よくしてくださり、心より感謝申し上げます」

「…………」

「…………」

あら、お二人が言葉に詰まっていらっしゃるなんて珍しい。国のツートップですから大抵のことは即座に反応されるはずなのですが。

「……ルーニア？ すまない、私の耳は遠くなったようだ。もう一度言ってもらえるか？」

「はい。殿下に婚約破棄を申し渡されたので、本日をもって王宮を退去し実家に戻らせていただきたく思います」

「婚約……破棄？」

「えぇ、真実の愛を見つけられたとかで」

家族にしか思えない、の方を言うのは自分も傷つくので黙っておこうかな、と思ったけど、それじゃあ理由として弱いし、ちゃんと伝えなきゃ。

「私のことは家族のようにしか思えない、新しいお相手には胸の高揚を感じたと。これはもう仕方ないです。私は……殿下のことをお慕いしておりますので粘ったのですが、もう了承せざるを得ませんでした」

言い終えた途端、いつも柔和な陛下の顔と無表情の宰相閣下の顔が、怒髪天《どはつてん》を衝《つ》くような顔になっている。

少しは気持ちも分かります。でも、何というのでしょう、直接言われると諦めもつくというか。私はどちらかというとショックと悲しみが綯交《ないま》ぜになって、怒るのをうっかり忘れてしまいましたが、怒りの気持ちもありました。

でも、なによりも呆れてしまって、そこを通り過ぎたのでこうして承諾してご挨拶にきたというか。

「陛下、今すぐ殿下を医者に診せましょう」

宰相閣下が慌てて陛下に言うと、陛下も深刻な顔で頷《うなず》いた。

「それがいい。ルーニア、愚息はどうも精神的な病気らしい。正常な思考なら、ルーニアと離れる、という選択肢などない」

「陛下、宰相閣下。殿下は正気だそうです。なので、お医者様の手を煩わせる必要はないかと……」

陛下と宰相閣下はそろって、それはもう深いため息を吐き、片手で顔を覆って天を見上げた。

現実に戻ったお二人の間でひそやかに言葉が飛び交う。賭け事の相談に見えるが、声はどこまでも真剣だ。

「……何日もつと思う？」

「長くとも、一週間ではないでしょうか」

「私もそう思う」

あら、奇遇ですね。私もそう思います。

「ルーニア、一時的に実家に帰省することを許可する。……婚約破棄は、ここにいる者、そして愚息とその相手だけの話とする。許可はしない。……すまない、ルーニア、愚息の言葉に傷ついたことだろう」

不思議と、陛下の温かい言葉に胸が熱くなり、今まで無表情を貫いていた私は泣くのを堪《こら》えようとぐっと顔に力が入ってしまった。

ジュード殿下と……ミナ様の前では流れなかった涙が、一筋頬を伝う。

私は、ジュード殿下になら、傷ついたことを理解してもらえるという甘えから、この苦しく辛いという感情を抑えてしまっていたのだと分かる。ジュード殿下には長年尊敬と愛情をもって接してきたのだから、彼も私に対してそれらを返してくれると、酷く甘えた思い込みをしていた。

「寛大な措置に感謝します。……では、少しの間帰省いたします」

「必ずこの補償はする。本当に申し訳ない。愚息が己の愚かさに気付くまで、そう時間はかからないだろう。その時戻ってきてくれるかどうかは……実家でゆっくり考えてくれ」

「ルーニア様。何かありましたら私に報告が上がるよう人をつけます。護衛も兼ねて。どうか暫《しばら》くの間、ご健勝でいてください」

お二人の温かい心遣いに私は深く礼をすると、御前を失礼した。

この国の将来を思えば、私がいないと立ち行かない。そんなの、殿下が一番ご存知のはずだから、まぁ床に頭を擦《こす》り付ける勢いで謝ってきたら戻ろう。……一度ショックと悲しみと怒りを認めてしまうと、こんな風にも考えてしまうのだから、感情って恐ろしい。口に出したら不敬罪だ。

それでも、私は戻ることになるだろう。どんな形かは分からないけれど。

酷い上から目線だと自分でも思うが、これればかりは仕方ない。殿下が生きていくためには、私が必要なのだから。

すぐに与えられていた私室に向かい、身の回りのものをさっと持ち出して、お世話係をしてくれていた侍女たちにも実家に少し帰省してくるわ、と挨拶してからウェル伯爵邸に向かった。

我が家の両親は、普通の家庭のように私に毎日は会えないまま私が17歳の成人を迎えたので、関心がない……の反対だった。溺愛《できあい》されているのは知っていたが、家に帰るだけで大歓迎される。

婚約破棄の話はしなかったが、一週間くらいは家にいます、と言うと、両親は困惑した顔を見合わせる。ですよね、私もそう思う。

「それは……殿下は大丈夫なのか？」

「そうよ、ご病気になられたりはしないでしょうけど……いえ、ストレスで悪くされたりしないかしら？」

「大丈夫ですよ、殿下自身が帰るようにとおっしゃってくださったんですから」

そう告げると、両親はホッとした顔になって、改めて私の部屋を綺麗に掃除させ、ドレスなんかも風にあててくれている。

私はとある事情と偶然によって、生後間もなくして殿下の婚約者になった。必然と言ってもよかったのかもしれない。

でも、殿下のことは本当に尊敬して大切に想っていたし、大好きだった。

が、今はその気持ちが萎えてしまった。なんでこんな男のために、という気持ちになっている。とても傷付いたし、不愉快だし、両親の前で泣いて全部話してしまいたい。

陛下からの口止めがあるから、本当の理由はとても言えるわけがない。ホームシックということにでもしようかな。それなら泣いても許されるだろう。シックになるほど実家で暮らしたことはないのだけど。

「ちょっと……ホームシックになってしまって。一週間程なら殿下も耐えてくれるということでしたので」

涙が自然と溢れてきた。

悔しいなぁ、悲しいなぁ、やるせないなぁ、というのは本当の気持ちだ。殿下にとって家族にしか思えないなんて……こんなに顔の似てない家族なんていないでしょうに。

見た目、努力したんだけどな。

日焼けしないように気を付けて、髪も傷まないようにどんなにレッスンや授業が遅くなってもちゃんと乾かしてから眠って、太らないように運動も空いた時間に頑張って
……。それでもやっぱり可愛げがないから？　女は愛嬌なのかな。

出されたお茶を飲みながらぽろぽろと泣いていると、両親が両隣に座って抱きしめてくれた。余計に涙が出てきてしまう。

「辛かったんだね……すまない、お前のことをわかってやれなくて」

「いくらなんでも……やっぱりお願いして私たちも王宮に泊めていただくべきだったかしら。お許しがある間は、寛《くつろ》いでいってね。ここは間違いなく、あなたの家なのだから」

お父様、お母様、ごめんなさい。私、婚約破棄されてしまったの。

……数日後には戻りますけど。ええ、ほぼ確実に。ただ、婚約者でいられるのかも、

婚約者でいられたとしても前のような気持ちで王宮にいられるかも、分からないけれど。

私の気持ちが、王宮に戻ったからといって自動的に戻るかと言えば、そんなことはない。

殿下が本気で頭を下げて謝罪して愛を囁《ささや》いて懇願する、くらいしてくれたら、また少しずつ愛する努力はしたいと思う。

今の私は、両親に全てを打ち明けられないこともあって、とても気持ちが尖《とが》っている気がする。

こんなに涙が出る。私が本当に殿下を愛していたからなのが理由には違いない。……やっぱり悔しいので、暫く自分の気持ちは認めないで封印しておこう。

その日の夕飯は、自分の気持ちが沈んでいたので味がしないかと思ったけれど、想像以上に美味しく食べられた。やっぱり家族で囲む食卓は楽しいいし、舌が肥えたかもという心配は杞憂だった。王宮での食事は毒見を通して回ってくるので冷めている。温かいご飯を安心して食べられることも、本当に幸せだなと思う。

そして侍女にお風呂に入れてもらい、髪を乾かしてもらって、赤子の時以来初めて実家のベッドに横になる。

清潔なリネンの寝具は寝心地がよく、私は自分の耳にだけ届くささやき声で「おやすみ」と呟《つぶや》くと、泥のように眠った。

……一人用のベッド、というのも悪くないものだ。

2 真実の愛のためならば

――ジュード――

ミナはルーニアが部屋から出ていくと、私に招かれるまま隣に座った。

間近で見ると、本当に愛らしい。荒れた手も、貴族でありながら働かなければならないという境遇のせいだと思えば、大事にしてやらなければいけないと思う。

「ジュード様……私たち、これで、本当に……？」

「あぁ、結ばれる……。父上に許可を取らなければならないが、婚約破棄は成立するはずだ。そうすぐには公にはできないが、もう君に苦労させたりしない」

「嬉しい……っ！」

そう言ってか細い体で抱きついてくる。

金色の柔らかい髪を撫《な》でてやりながら、今はルーニアが父上に挨拶している頃だろうから、もう少し時間を置いて訪ねることにしよう、と考える。

ミナは子爵令嬢ながら家のために働き、それでいて健気で女性らしく、可愛く甘えてくる。最初からこうだった訳ではない。食堂ではむしろ、男性に触れられるのを嫌悪して耐えていた。こうして想いが通じ合って初めて、彼女は甘えることができたのだろう。

　ルーニアとはどこか距離があった。それは決して居心地の悪いものではなかったが……こうして女性に、ミナに接されると胸が高鳴る。気分も高揚するし、守ってやらなければと強く思う。

　決してルーニアを蔑《ないがし》ろにしている訳ではない。彼女とは生まれたばかりの頃からの付き合いだし、家族のように思っている。大事な人だし、どんな社交の場でも彼女以上の女性はいないと思っていた。

　しかし、ミナ程私の心を揺さぶった女性はいない。だから……ルーニアに感じているのは、家族愛だと分かった。

　父上も納得するはずだ、これこそが真実の愛だと。

　暫くして、サロンに侍女が現れる。ルーニアが簡単な身支度を終えて王宮を出たと聞いて、ミナを連れて父上の執務室を訪ねた。

「失礼します」

　私が告げて揃《そろ》って中に入ると、ぺこり、とミナは髪が乱れる勢いで頭を下げて、すぐにあげた。

　淑女の礼ではないが、国王陛下という存在に対して急に声をかける真似をしない。ちゃんと分を弁《わきま》えている。

「ジュード。お前の話を聞く前に、お前にまず、確認すべきことがある。正直に答えよ」

父上の威圧感がすごい。あまりの剣幕と声に、私は声が出せずにただ頷くことしかできない。そんな私の陰に、素早くミナは隠れてしまう。

よく見れば宰相も見下げ果てたような視線でこちらを見てくる。

そんなに怒られることを何か……あぁ、ルーニアを娘のように思っていたから、私が勝手に話を進めたことを怒っているのだろう。

しかし、もう成人しているのだからまずは当人同士で話し合うべきだと思った。そして、ルーニアは了承したのだ。

「ルーニアに対し、家族のようにしか思えないとのたまい、真実の愛を見つけたから婚約破棄を申し入れた。間違いないな?」

「は、はい。そのように申しました。誰も……ルーニアと婚約したままでは誰も、幸せにならないと思ったので」

「馬鹿者がっ!!」

父上の一喝に怯《ひる》む。が、拳を握って堪えた。背中ではミナが小さく震えているのが伝わってくる。

「まずその背後に隠れる無礼者をお前の婚約者として認める道理がない。一応身元だけは聞いておこう。名乗ってみよ」

「……ミナ、答えて」

陛下の命令に逆らうことは許されない。この位の障害は乗り越えなければならないことだ。ミナにも頑張ってもらわなければならない。

そっと背を押して、隠れてしまっていた姿を父上の前に立たせる。

「ペリット子爵の娘、ミナ・ペリットです、陛下」

まだ恐怖に青ざめた顔で名乗る。

宰相の片眉があがり、父上に何か耳打ちする。父上もそれを聞いて、何か考えているようだ。

「彼女は貴族ながら家のために市井で働いている健気な子です。私は、彼女を守りたいのです」

「愚かしい。聞いていて頭が痛くなる。……はぁ、ミナとやら。子爵家は直轄地の管理をする官職。国から子爵に給金が出ているはずだが、なぜ借金をし、困窮したのかは、愚息に話したのか？」

「そ、それは……」

ミナの顔色がさらに悪くなる。挙動不審になり、私の隣でそわそわと体を動かして
……私は確かにそこの事情を詳しくは聞いていなかった。きっと友人の借金の肩代わり

をしたのだとか、そういう事情だと思い込んでいたが、借金の理由とは一体なんだというのだろう。いや、理由がなんであれ、ミナが苦労しなければならない理由はないはずだ。

「何も知らぬとでも思っているのか！　賭博で勝手に家を傾かせておいて、領民には国から官僚を遣わせてなんとか税を抑え食わせている状態！　息子の心を射止めれば、貴様の両親の地位があがるとでも思ったか！」

私は驚いてミナを見た。まさかそんな理由だったとは。

ミナは急に泣き出すと、ごめんなさい、と言い続けた。泣き落としでどうにかなる父上ではない。

「婚約破棄についてはここにいる四人とルーニアの間で話は止めてある。さらに言えば、お前、自分のことを忘れていないか？　ルーニアと婚約破棄するということは、お前に未来永劫《えいごう》眠れる日は来ないと思え」

「……まさか。死ぬわけではありません、真実の愛のためなら耐えてみせます」

父上が鼻を鳴らす。

「よかろう。……とにかく、お前の持ち金からその娘に着る物だけは与えよ。そのような格好であるだけで無礼である。王宮に寝泊まりすることなど許さぬ。通うことのみ許す。婚約も決まっていないのだ、まずは認めさせるためにせいぜい動いてみせよ」

父上の声はこれ以上になく冷たかった。

私は全ての内容を了承し、ミナを促して部屋の外に出た。

「まさか……賭博の借金だったなんて」

「ごめんなさい……。言えば、きっと呆れて私もそういう人間だと思われるんじゃないかって、怖くて……。ジュード殿下の身分を知ったら、尚更怖くて言えなくなって……」

廊下の隅で泣きじゃくるミナの姿は演技には見えなかった。

「私との間に真実の愛があるというのは、嘘じゃないのだろう？」

「もちろんです！　私は、貴方がどこの誰であろうと……あの時、目が合った瞬間に、恋に落ちたのですから……。怖くて、隠しごとをしてしまってごめんなさい……」

即座に否定したミナの顔は悲痛なほどに真剣で、私は一生懸命で怖がりな彼女の気持ちを重んじて、この話を切り上げることにした。これ以上問い詰める必要も、理由もない。

気持ちが私にあって、たまたま私が王太子だった。それだけで、身分を思えば言い出せなかったのも理解できる。貴族が王族に対して利を持って近づく、というのはよくあることだが、私が身分を明かしたのは想いが通じ合ってからのことだ。ミナは何も知らなかったのに私を愛してくれた。

当然のことだが、一人の少女に尾行を許す程、私の……王宮の護衛は無能ではなく、私の行いに口を出すほど、分を弁えていない訳ではない。私の身元をミナが自力で調べることなど不可能だし、私が下町にいる間に、殿下、などと言って窘める者がいなかったことから、ミナが私の正体を知らなかったというのは本当だろうと思う。

兵や使用人というのは、王宮に仕える者ならば特に、見て見ないふりをするという素質が能力以上に求められる。

「ミナ、今からドレスを買いに行くよ。それから、王宮の入り口近くに部屋を用意するから、そのドレスが君の両親に売り払われないように、そこで身支度をするんだ。家に帰る時にはまた私服で帰る。いいね？」

「は、はい」

「それから、父上の命令には絶対従うように。結婚を認めてもらう前に父上の機嫌を損ねては元も子もないからね……両親にも話してはいけないよ」

「わかりました……、殿下、これで一歩前進、ですよね？」

「あぁ、ミナ。さぁ、服を買いに行こう」

一歩前進したはずだ。しかし、私は迂闊《うかつ》だった、という気持ちも心のどこかに持っている。先ほど自分で考えたように、貴族が王族に利を狙って近づくなど当たり前のことなのに、ミナは私の身分を知らなかったから、という理由だけで言われたことを鵜《う》呑《の》みにしてしまっていた。

何故か、不安が胸をよぎっていく。

側近に馬車を用意させ、王都の貴族街にある仕立て屋に向かった。

本来ならば王宮に呼び出すのだが、ミナはまだ父上に認められていない。婚約破棄も成立しなかった。

事情は話さなかったが、彼女のドレスを、すぐ着られる既製品（と言っても一点物だ）を買い、そのほかに採寸をして二着程、ミナと一緒にドレスのデザインを決め、新たに作ったドレスは後日王宮に届けるように告げて前金を払った。

靴と、宝飾品も揃えた。身形はこれでいいだろう。

ミナは先程まで泣いていたのが嘘のように、仕立屋では嬉しそうに試着して、どうですか？　と笑顔で聞いてくる。空涙だったのかと一瞬頭の中を嫌な考えが過《よぎ》るが、女性というのは服飾を買うのがとにかく好きだと聞いている。

久しぶりに自分のドレス、という物を身に着けられて嬉しいのだろう、と頭を振って嫌な考えを振り払った。

少し日焼けした肌に、化粧の施されていない顔、手入れのなっていない髪では最高級のドレスからは浮いてしまっているが、薄桃色のふんわりと広がったフリルが重なったドレスは、ミナの可愛らしい容姿によく似合っていた。

細いリボンで上半身は少し引き締めるようにして、腰から下は花が開くように広がっているドレスは、肩が膨らんだ袖とも相まって実に愛らしい。

愛らしい、とは思うのに、何故だかあまり胸が高鳴らない。

働いていた時のような眩《まぶ》しさを感じないのは、やはり家庭の事情を隠されていたこと、それを父上の口から聞いてしまったからだろうか。

それでも、彼女を可愛いと思う。どんな理由にせよ、一生懸命に働くミナが悪いわけがない。

私は柔らかく微笑みながら、とても似合っている、可愛いよ、と言ってドレス姿のミナを連れて王城に戻った。

ただ、ルーニアの前で『真実の愛』と口にした時のような迷いのない気持ちではなく、心の中に一抹《いちまつ》の不安を残したまま。

3 ジュード殿下と私の事情 ―ルーニア―

翌朝、スッキリと目覚めた私は実家で揃えられていたドレスからあまり派手でないものを選び、侍女と共に身支度にとりかかった。自室なのに慣れない、という感覚がある。

初めて袖を通すはずのドレスなのにサイズが合っているのは、定期的に会っている時に、王宮で採寸サイズを聞いて家でも作ってくれていたからだそうだ。

やっぱり実家っていいなぁ、と思いながら家族で朝食を食べ、少し談笑してから、貴族街の教会にでかけた。歩いても行けるところだからと、馬車は断った。

全てが始まった場所であり、すごく久しぶりに来た場所。私は入り口前に立って、立派な聖堂をしばらくじっと見上げていた。

記憶には無いけれど、ここで私はジュード殿下と出会い、婚約が決まり、王宮で暮らすことになった。

婚約破棄をしたいと言われてささくれた心を癒やすため、結局自分は本当のところどう思っているのか……そんなことを考えるのに、ここに来たかったのだ。

重たい扉を押して中に入る。ガランとして、中が吹き抜けになっている大聖堂。正面には何体かの神の大きな像があり、司祭様が説教をするための台がある。右手にささやかな懺悔《ざんげ》室があるが、今日用があるのは神像にだ。

神の加護、というのは遍く世界に満ちている。必要な時には必要な加護が与えられるが、それは何も万能という訳ではない。干ばつもあれば、水害も、土砂災害も、地震もある。

全てを神が解決してくれるわけではないが、それでもどうしようもなくなった時、神がそっと手を差し伸べる瞬間というのはある。

この世の中の誰もが知っていて、それでいて知らない間に経験していること。

そんな中で『加護持ち』と呼ばれる人がまれに生まれてくる。

生まれながらに特定の神の加護を強く受けていて、その神様の力の一部を扱える人をそう呼ぶ。

それが発現するのは、大体10歳くらいからだという。知恵の神の加護ならば素晴らしい学才を持っていたり、芸術の神の加護ならば稀代《きだい》の天才と呼ばれるような芸術作品を生涯生み出したり、と。

何かしら特殊な力を持つ人……つまり、加護持ちが生まれて、その力が世間に認められると、「これはこういう神の加護だろう」という推測を元に、神の像を彫刻家が彫る。

神の恩恵を受けている人間は、そうして出来た神像に祈ると、体が反応するらしい。

そういった加護から神を推測するという発見はずっと昔から行われていて、最近では特に新しい神の加護持ちが現れる、ということもないようだった。

この教会にも、今現在、神として確認されている像が何体も並んでいる。

私は安寧の神の像の前に跪《ひざまず》くと、手を合わせて祈りを捧《ささ》げた。

体が温かく白い光に包まれて、神の加護を感じる。

加護持ちはそう多くもないので、こうして祈りを捧げる姿は、あまり人前でやることでもない。

目立って仕方がないし、加護持ちだと分かると、加護のおこぼれに与《あずか》ろうと寄ってくる人間もいる。時には無理矢理攫《さら》われる、ということもあるようだ。

私の場合は、他人にそこまで利益をもたらすような加護では本来ないのだけれど、加護持ちの中でも特に強い加護が与えられているらしいので、悪いことに使おうと思えばいくらでも使い道がある。ただ、あくまで私に与えられた加護なので、私が悪事に加担せず、さっさと加護の力を使って逃げ出すことができれば問題ないのだけれど。

全てはこの神像がきっかけだった。

ジュード殿下と出会った時は、切羽詰まっていたらしい。私も、殿下も。

お祈りをしていると、ちょうど聖堂に入って来た司祭様が私の光を見て声を掛けて来た。

「おや、もしかしてルーニア様ですか？　随分と大きくなられましたね」

光っている姿から推察したのか、安寧の加護持ちはそんなに多くないのか、私の身形のせいかは分からないが、見事に私の名前を当てられた。

話は両親から聞いていたが、司祭様が私とジュード殿下の出会いに関わっていたのは知っている。なので、初めましてではなく、こう挨拶した。

「司祭様。ご無沙汰しております。……というのもなんだか変な感じですわ。私は司祭様とは赤ん坊の頃にしかお会いしていないので、お話するのは初めてですもの」

「はは、それもそうですね。あの日のことはよく覚えています。……なにか悩んでいるようですね。そういう時は神の加護を思い出すことが心の支えになるかもしれない。せっかくですし当時のお話を聞いて行かれますか？」

柔和な初老の司祭様は、私の事情は何も聞かずに、私に椅子を勧めてくれた。

両親や陛下からは話を聞いているが、司祭様とこうして話すのは初めてだし、どうせなら神にお仕えしている方から改めて聞くのもいいかもしれない。

私と司祭様は長椅子に並んで座ると、立ち並ぶ神々の像を眺めながら話をすることにした。

「では、お言葉に甘えてお願いします」

「はい。ふふ……、あの時は本当に大変な騒ぎになりました……」

そうして、司祭様の長いような短いようなお話がゆっくりと始まった。

◇◇◇

「暖かい春の日でした。突然、教会にあなたのお父上が泣きながら飛び込んできましてな。ちいさな、生まれたばかりのあなたを抱き抱えて」

私は確かに春生まれだ。そして、ジュード殿下も。先に教会に飛び込んだのは私だったのか、と、第三者から聞く話はまた違った趣があっていい。

何度も聞かされた話だけど、私はそれを運命という言葉で片付ける気はなく、ちゃんとジュード殿下を見て愛してきたつもりだった。だけど、今は自分の気持ちがわからなくなっている。

もし、話を聞いて「運命だから」で片付けられるようなら、片付けてしまってもいいかもしれないな、と思うほどささくれだってもいる。

だって、フラれても、必ず私はあの殿下の元に戻らなければならないから。今は本当に、ほんの少し許されたおやすみなのだ。戻る時、私はどんな役割で戻ることになるかは分からないけれど。

「生まれてから三日、産声以外に一度も声を上げず、眠ったままでミルクも飲まない、このままでは死んでしまう、と。それがルーニア様でした。私はその赤子を預かり、それぞれの神の前で祈りを捧げて……あなたが安寧の神の加護持ちだと……それも、とても強い加護を受けているということが分かりました」

安寧の神の加護というのは、焦燥感や恐怖、悲しみを抱えた人の心を落ち着けさせる。加護持ちが強く願えば、声や言葉で他人を眠らせたりできる加護だ。今の私にとっては物理的に他人に危害を加える心配の少ない加護でとても助かるけれど、赤ん坊の私にとっては危険な力だったようだ。

自分の産声で眠り続けてしまうというのはさすがにまずいだろう、とは思う。

私は生まれながらにして強い加護を発現させていたために、一瞬目が覚めても「ふぇ……」と泣きだそうとすると、自分の声で眠ってしまうという赤子だった。

赤子の時点でそれだったものだから、成長してコントロールできるようになるまでは、私のお世話をする乳母《うば》や侍女まで眠らせてしまって大変だった。この辺は両親や陛下から聞いた話だ。

「そして、時を同じくして王宮から侍従長が赤子を抱えてやってきました。その子はずっと泣きっぱなしで、一切眠らずに一週間になるということでしたな。それが、殿下です。医者にも診《み》せたらしいですが、殿下は眠れずに、赤子ながら精神に異常を来たしそうになっておりました。あなたはミルクを飲めずに衰弱していく一方でしたが、殿下は殿下である意味、衰弱しておられた」

それはそうだろう。大人だって、ずっと眠れなかったら頭が疲れてしまう。

母親……王妃様が亡くなっていたこともあって、陛下は城を離れることができなかった。どんなに心配でも。だから侍従長が連れてきたのだという。困った時の神頼みだが、それが功を奏した。

「ジュード殿下も同じように神々の像の前で私が抱いて祈りを捧げ、頑健の神の加護を授かっていることがわかりました。頑健の加護は肉体に関わる加護ですから、あなたと違って、育ってもコントロールできるようなものではない。加護は肉体の成長と共に強くなり発現していくものですが、眠れないほど頑健な肉体、というのはさぞ辛かったことでしょう」

そう、ジュード殿下も神の加護持ちだ。

頑健の神の加護。肉体が丈夫で、健康であり続ける為に、精神が休みたくとも体が休まらない。成長と共に人間離れした頑健さを持ち、肉体からにじみ出る加護は周囲の人々も健康にしていく。

これもまた、特別に強い加護だ。普通の『加護持ち』では、眠れないほど、という位の頑健さは与えられない。

　赤子のうちからそんな強い加護を持っていた殿下にとって、それは生まれながらに眠ることが許されず、心が休まらず、絶えず情報が入ってくる状態。いくら人間は体が丈夫でも、精神に異常を来たせば正常には成長できないだろう。

　その頃の私たちのことを考えれば、加護というより呪いではないだろうか？　と思う。

「そして、強力な頑健の加護を持つ殿下の声で、あなたは泣いた。その泣き声で、殿下は生まれてやっと三日でミルクを飲み、あなたは泣いた。あなたは目を覚ました。生まれて初めて眠りについた。お互いに作用してくれたおかげでしょうが、いや、実はあの時は、ルーニア様の泣き声で私まで眠くなりかけました」

　私がジュード殿下の命の恩人だったのは確かだが、私もジュード殿下が命の恩人だった。

　侍従長とうちの両親は話し合い、この赤子たちは一緒に育てたほうがいいという結論に達した。殿下を一伯爵家で預かるわけにはいかないから、必然、私が王宮で育てられることになる。

　年々強くなるお互いの加護に、ジュード殿下は私がいなければ眠れないというのは変わらない。物心がつく頃には、一緒にいて当たり前のジュード殿下と私は婚約した。

　我が家にも乳母がいて両親もいたから、赤子の頃はほとんど住み込みで私の世話を殿ドの隣でしていたらしい。

私の加護は大きくなるにつれてコントロールできるようになるものだった。だが、コントロールできない部分もある。自分の感情は自然といつも落ち着いていて、滅多に大きく動くことはない。例えば、素晴らしい絵だな、と思ったからといって、感動することもなければ、物語がどんなに面白くても、没入することは難しい。安寧、というのは、心を常に凪《なぎ》の状態にしていることだと気付いた時には、恐ろしくなった。私は何にも感動もできない、それどころか、婚約しているのにジュード殿下を好きになることもないのかもしれないと。

そんな自分は嫌だったから、感情を動かすように加護を抑えたり、指向性を持たせたりという練習を小さな頃から始めていった。自分の心の凪《な》いだ表面を、ちゃんと動かす練習だ。外に対して指向性を持たせるよりも、こちらの方がずっと難しかった。

感動も嬉しいも、ただの思い込みかもしれない、と考えることもあったけれど、「私は今落ち込んでいる」と気付いた時から、感情が動く、ということが理解できて、順調に訓練することができた。

加護持ちは滅多にいないので、こればかりは自分で練習するしかなかったが、お陰で今では、感情を外に表現するために笑顔の練習をしようかな、とか、悲しみが過ぎれば泣くこともできるようになった。

殿下の加護は私と違ってコントロールできるものではない。

私の加護は精神に及ぼされるものなので心の持ちようでコントロールできるが、殿下の加護は身体の在り方そのものだ。体の形を努力で変えることができないように、眠れない身体を精神的なコントロールで眠らせることはできない。

ただただ、日々身体が頑健になっていく。そして、その頑健さが少しだけ周りの健康にも影響していく。剣を握り始めた頃から、その無尽蔵の体力で稽古をつける大人の方が先に疲弊してしまうところは何度も見てきた。

眠れないことで人間が感じる苦痛については考慮されていない。神様にはそういう、残酷なところもある。私が殿下に出会わなければ眠ったまま死んでいたかもしれないように、殿下は私がいなければ眠れずおかしくなっていたかもしれない。

加護はお互いに強くなっていった。今やジュード殿下を眠らせることができるのは、私だけだろうと思う。……他の安寧の加護持ちの人と出会ったことがないから、たぶん、だけれど。

だから婚約したのだ。一生、お互いに側《そば》にいるために。そして、殿下も私がいなければ眠れないことを知っていたのに……真実の愛とやらは眠りをもたらしてくれるのだろうか？

「ありがとうございました、司祭様。私は今、悩んでいることがありますが、改めて自分の慢心を見直すことができました」

「なに、また何かあったらいつでもおいでなさい。あんな奇跡にはそうそう出会えるものではありませんからな。あなたに、神のご加護がありますように」

私は一礼して、教会を後にした。

そうだ、忘れてはいけない。私も殿下によって生かされたということを。

……でも、浮気をされた上に女として見られないと言われたのは、やっぱり納得いかないけれど。

そして、このあとの私は、まだ気が動転しているのか、それとも何かしらのしがらみから解き放たれた気分だったのか、人生で一番になるだろう失敗を犯してしまうのだけれど、それは……いい経験として、頭の隅の思い出せない所にしまっておくことにした。

4 うまくいった ―ミナ―

はぁ～、これでやっとあの労働の日々から解放されるのね。本当に辛かったわ。

パパもママも官僚が見張ってて仕事漬け、借金の返済のためにカツカツの生活。なんで貴族の私が平民に媚《こび》売って酒出したり料理出したりしなきゃいけないのよ！　って本気で思ってた。

おまけに食堂の店主には愛想がない、なんて怒られるし。愛想なんて振りまいたって仕方ないじゃない、平民と結婚するなんて気ないもの。

そこにさぁ、もう明らかにお忍びですって空気を出した、金を持ってる身形のやつが現れたら、そりゃね～、愛想も振りまくし泣き落としもするし、可愛げがある女の子って顔もするわ。落とせたら棚ぼただもの。

大工や冒険者みたいな臭い男に愛想振りまいたってセクハラされて終わり。私ったらか弱くて可愛いから、自己防衛してただけだし。愛想なんて振りまいてみなさいよ、人生設計が全部終わりだわ。

その点金と地位のある男は違うわ。こっちから触らなきゃ触ってこないし。それにウブだしね。

私が働いてたのは、私のドレスとか家具とかまで借金のカタに持ってかれるのが嫌だったから。いつか絶対、貴族社会に返り咲いて、貴族として苦労しない生活の為には必要な物だもの。……10代のうちなら、なんとか同じドレスでも着れると思っていた。

でも、それは間違い。もう全然流行が違ってた。私が平民に混ざって働いている間に、貴族社会からあっという間に取り残されていっていた。

それにしても、引っ掛けたのがまさか『あの』王太子様だなんて思わないじゃない？

幼い頃から婚約者がいるのは王都に住んでいる貴族なら皆知っている王太子殿下。顔は知らなかったけれど、噂《うわさ》では優しく紳士的という話だったのにね。

私が「もう、限界です……！」って抱きついたら鼻の下伸ばしちゃって。10年以上の付き合いの婚約者との婚約を解消して私を選ぶんだから、お人好《ひとよ》しもいいところっていうか、私が婚約者なら絶対に尻に敷いて他に目がいかないようにしっかり監視してるわ。

それにしたって、婚約者がどんな女かと思ったけど、見て分かった。婚約者相手に……しかも王太子殿下を相手にして、愛想も可愛げも無いし、あれじゃ捨てられるわ。

私の方がお姫様って感じだもん。

それから先はあっという間。婚約破棄の話になってあの女は出て行った。

私は王宮に一室と、豪華なドレスと侍女をあてがわれて、今は殿下とお茶をする支度中。通いっていうのが不満だけど、まぁまだ陛下に認められてないし……、陛下もよい治世をされる慈悲深い方だ、って市井では噂されているけど、殿下よりよほどあの婚約者の女に情があるのね。

お風呂と肌荒れのケア、髪も香油がつけられて、お店で買った綺麗なドレスに身を包んで……あぁもう実家のドレスなんて古臭くて着てられないわ。売っちゃおうかな。でも、来る時は私服で、帰る時も私服。このことは誰にも言っちゃダメ、だなんて変なの。

実はパパとママにはもう話したのよね、王太子と婚約するって。まだ内々の話だから言わないでねって釘《くぎ》刺したけど、あの喜びようったら。

いい娘でしょ？　私。というか、賭博で身を持ち崩すようなクズの娘に生まれたのが間違いなのよ。本来こうあるべきだった所におさまっただけ。

今日はジュード殿下にどんなお話をしようかな。食堂で話していたような身の上話で、せっかくの貴族社会への第一歩を汚したくはないし。

「できました」

「あら、ありがとうございます。わぁ、とても素敵ですね」

ヘアメイクが終わったと同時に侍女が声を掛けてくる。

うんうん、元がいいから最新のドレスにちゃんとしたヘアメイクなら、このくらいになって当たり前。素敵素敵、私がね。

せっかく二人きりでお茶するし、私も二人きりの時はジェイって愛称で呼んでもいいですか？　なんて、恥ずかしそうに切り出してみちゃおっかな？

陛下の言っていた「認めさせるために動いてみろ」ってつまりはそういうことでしょ。眠れない、ってのはよくわからなかったけど。

「身支度、ありがとうございます。殿下が待っていらっしゃるので行きますね……！」

ぺこっ！　と頭を下げて、私は部屋を出た。なんだか侍女は驚いた顔をしていたけど、下々の者にもお礼を忘れないなんて、って感動で驚いたってことよね？

お待ちくださいい、とか聞こえた気がしたけど時間は無駄にしたくないのよ。バタン、と扉を閉めて私は歩き出した。

さーて、殿下はどこにいるのかな？

私は歩きにくい重たいドレスのスカートをむんずと持ち上げて、それでも踝《くるぶし》が出る程しか持ち上がらないドレス姿で、――通りすがる人達が驚いたように私を見ていたけれど、見惚《みと》れでもしてたのかしら――道を尋ねて、道を尋ねて、殿下の待っているだろう場所へと大股で歩いて行った。

5

再会 ｜ルーニア｜

昨日は教会に行って正解だった。司祭様の話を聞くことで、私の中にあった不平不満も少しは落ち着いた。

その後は散々な目にもあったのだけれど……自業自得でもあるし、うん、思い出したくないので、忘れよう。

今日も気持ちよく起きた私は、軽く身支度をして家族と朝食を摂《と》り、何をしようか考えて、散歩に行くことに決めた。

思えば、王宮から殆《ほとん》ど出ずに育った。出るのは殿下の社交に付いていく時で、大体どこぞのお屋敷のお茶会や夜会。

貴族街だけでももっと出歩いてみたい、という元気も出てきた。空元気かもしれないけれど。

昨日の私を見ていた母が、クローゼットの中を見て、私に似合う『可愛い』を私に施してくれた。

ライラックの落ち着いた膝下丈のワンピースには、白いラインがステッチの部分に入っている。肩も膨らみすぎていないパフスリーブで、却《かえ》って華奢に見える。手首には小さな飾り釦《ボタン》が五連でついていて、大人っぽくもあるが、細かい所にこだわりの見えるAラインの洋服は、姿見で見た時にとてもしっくりときた。

薄い黒のストッキングに、白い厚底のローファーを履く。ハンカチなどを入れるポシェットも白で、髪は編み込みを入れたハーフアップという、少し凝《こ》ったけれど、私の髪質を損なわない程度のオシャレだった。

バレッタも白で色を使い過ぎないのがコツよ、と言って母が髪が崩れないようにピンで留めてくれる。

そして、化粧。

母は私と違ってクリーム色のような髪色だが、私のための化粧品を揃えてくれていた。きっと、これもクローゼットの中身と一緒で、成長する私のために母が選んでくれていたのだろう。

「ルーニアは王宮では綺麗にお化粧しているけれど、今は家だもの。可愛いお化粧もしてみましょうね。髪色と肌のコントラストが強いから、馴染《なじ》むように全体的に薄く色をのせるわ。大丈夫、元がいいんだもの、そんなに濃いお化粧は可愛くする時には必要ないわ」

私の目元に優しい色合いのアプリコットをうっすらと乗せ、ハイライトを少し強めに、リップも血色がよく見えるような薄い桃色だが、透明感があってしっくりと馴染む。

頬には一見驚くような、それこそ菫色と言った方がいいチークを少し叩《たた》かれた。が、顔に乗せると野暮ったさや派手さはなく、素直に『可愛い』と思える仕上がりになっている。

「人にはね、似合う色と似合わない色、似合う形の服と似合わない形の服があるのよ。王宮は貴女を一番素敵にしてくれる場所だから、今まで『綺麗』にする方向に力を入れていたと思うわ。確かに。あなたに会いに行く度に施されていた、青や水色、桃色は肌にもよく馴染むわね。唇に、薔薇のような赤を入れてもあなたなら自然に見えるわ。それは間違ってない、貴女の顔立ちは綺麗ですもの。でもね、可愛くして欲しい、と言えば、私がするよりも、もっと可愛くしてくれるわよ。女はね、化粧、髪型、服装で綺麗にも可愛くにもなれるの。あとはもう、言動ね」

後ろから一緒に鏡を覗き込んで『可愛い』姿になった私に、母はそう教えてくれた。

王宮では「可愛くして」と言ったことは確かになかったなと思う。

用意されている物、用意されている化粧、確実に私の魅力を引き出す、その場その時に見合った格好をしていた。

……たぶん、何かしらの理由で戻るとは思うし、その場合、私は王宮でまた暮らすことになるだろうから、その時には、時には可愛くして、と言ってみてもいいかもしれない。

（……でも、殿下の心が私にないのに、可愛くしたって仕方ないか……）

私の心がまた沈みかける。表情には出ていない筈《はず》だが、母は私の頬を指先で両側からむいっと持ち上げた。無理矢理笑みの形を作った鏡の中の私の顔は変に歪《ゆが》んでいて、思わずくすっと笑ってしまう。

「そう、笑顔が一番よ。どんな格好でもいいけれど……訂正するわね、似合っているならどんな格好でもいいけれど、笑顔が女の子を一番可愛くするのよ」

「ふふ、ありがとうございます、お母様」

母の身支度のお陰で、門兵も、よくお似合いです、と褒めてくれた。

きちんとした身支度を済ませて、ようやく散歩に出かける。

貴族街なら心配ないと言ったのだけれど、昨日のことがあったからか、護衛を付けられてしまった。

そういえば、殿下はお忍びで平民街に出かけていたんだっけ。

ずるいな。私も出てみたかったのに。貴族街から出るのはさすがに気が引けるので、今日は大人しく貴族街を歩く。

さすがに、どう見ても貴族です、という格好で、護衛がいるとはいえ庶民の住まう所まで行くのは危ない。

お金がある、金目のものがある、実家に力がある、というだけで誘拐されたりする話を聞かないわけではない。私はそこまでリスクを冒さなくとも、貴族街だって見て回りきっていないのだから、ちょうどいい。

お忍びで市井に行くことが今後あるかは分からないけれど、王宮の外を自由に歩き回れるチャンスは、今後もあまりないだろう。

今のうちに思い切り散策して楽しんでおこう。

護衛には年若い騎士が二人、帯剣はしているけど私服姿でついてきてくれた。これで鎧《よろい》だったら目立つけど、そうじゃないからヨシとしよう。

そして、護衛を付けてもらって正解だった。

私、王宮から出なかったから買い物もしたことがなくて……お金を持つ、ということがすっかり頭から抜けていたのだ。

カフェに入ってお会計となった時に「あっ」となった。

護衛の一人がスマートに済ませてくれたけれど、そこは両親が予《あらかじ》め護衛にお金を持たせてくれていたらしい。

護衛の二人にも両親にも感謝だわ。私、世間知らずなのね……。ウインドウショッピングをして、書店にも行って、冷たい飲み物を三つ買って護衛二人と公園のベンチで休んでいたら（護衛は立ったままだったけれど）、貴族同士のカップルがあちこちで休んでいるのが目に入った。

女の子はみんな、うっとりした目で恋人を見て笑っていた。時々手が触れたりすると恥ずかしそうにしたり、仲がいい人は手を繋いでエスコートされていたり。

思えば、私は小さな頃からジュード殿下といるのが当たり前で、こういう可愛らしさとは無縁だった気がする。

それに、『毎日一緒に寝ているのに』ちょっと手が触れたりしても照れるわけもないし……少しジュード殿下の言っていたことがわかるかもしれない。

殿下はこうした街中のカップルや夫婦を見て、それが貴族でも市民でも、男女の仲というものをたくさん目にした結果、私たちの関係に違和感を覚えたのかもしれないな、なんて。

私はジュード殿下が大切だし、愛情がある。好き、だと思う。だけど、世間に触れたジュード殿下にとってそれは、家族愛だと認識するものだったのだろう。

私はエスコートされるのは嬉しかったし、踊る時も楽しかった。ドキドキもした。殿下は……そうでもなかったのだろうか。私に綺麗だと言ってくれていた賞賛を湛えた瞳は、微笑みは、ここにいる人達の間にある愛情とは別なのかな。

一緒に寝ているといっても、ちょっとした部屋くらい広いベッドの上で、触れ合うわけでもない。私は安寧の神の加護を使って殿下を寝かしつけているけれど、隣で寝ていれば私の寝息と気配が殿下を休ませるというだけ。

実際はキスもしたことがないし、そう頻繁に触れ合うわけでもない。

そこはそれ、私たちの加護というきっかけからの婚約によって、幼い頃からずっと一緒に寝ていたために、余りにも若いうちに衝動に任せて私が妊娠……だなんてことがないよう、とてもしっかりとした教育のお陰で、私たちには刷り込みのような一定の距離があった。

きっとあのミナ様という方は、ここにいるカップルのように、とても距離が近い女性だったのだろう。

私は一緒に歩いていても、同じベッドで寝ていても、殿下をときめかせることが出来なかった。もっと、いえ、もう少しだけ、普通の女の子として、婚約者として可愛らしくできていれば違ったのかもしれない。

笑顔が一番可愛い、と母が言っていたけれど、殿下に対して笑いかけたのは……最後の時の泣き笑いは別としても、ちょっと思い出せない程前な気がする。

微笑むくらいはしていたけれど、笑顔、というのとは違う。社交性には愛想も必要だ。そういう、上辺だけの微笑みしか見せていなかったと、今は思う。

ぼんやりと考えている間に、私の反省点ばかりが見つかる。それは、殿下だって下町に出て可愛らしい子に手でも握られたらときめくよね……。

だって、殿下も、そういうことをされないまま大人になったのだから。

……私にも悪いところがあった。うん。戻る時には、ちょっと頭を下げてちゃんと話し合いをしてくれたら許そう。お互い温室育ちなのは分かっていることだし。

でも、ミナ様とキスまでしていたら、平手で打つくらいは許されるよね？

「ルーニア様？」

「ヴィンセント様？」

それは、思わぬ再会だった。

私と殿下には、二人の幼馴染がいる。そのうちの一人、宰相閣下のご子息であるヴィンセント様が、夢か幻でも見るように私を見ていた。

◇◇◇

「お久しぶりです」

「ええ、本当に……同じ王宮にいるはずなのに、こう言うのも変な感じね」

私は護衛に少し距離を空けてもらい、ベンチにヴィンセント様と並んで座って話を始めた。

彼は文官の最高責任者である宰相閣下の息子だからか、昔から本の方が剣よりも好きで、私と一緒に殿下たちの訓練を眺めていることが多かった。

私の加護のせいで眠らせたことも一度や二度じゃない。ちょっと照れ臭いけれど、こうして普通の伯爵家の娘として、貴族街の公園で友人とお喋りしているのが、なんだか少し非日常に感じてわくわくもした。

ヴィンセント様は王宮で文官として働いていると聞いている。私たちは大人になってから、誰がどこでどんなことをしているのかをふんわり知っていても、きちんとは把握していなかった。

「えっと、今日はお休みなの？」

「はい。たまには身体を動かそうと街に出て……結局、書店で本を買って、公園に来たところです」

宰相閣下に似た硬質な銀髪と、きっとお母様に似たのだろう、ルビーの瞳の取り合わせの色白の彼は、線は細いが整った綺麗な顔立ちをしていて、よく夜会で噂を聞く。

しかし人付き合いが苦手なのか、あまり夜会に出てこない。お陰で顔を合わせるのは、もう何年振りかも分からない。

「ルーニア様は、何故？」

「……内緒」

幼い頃からの付き合いだから、ヴィンセント様も私と殿下の加護のことは承知している。私が街に出ることなんて殆ど無いし、どう見ても王宮の護衛ではない伯爵家の私兵を見て、彼の整った顔が疑問に歪む。

なんとなく、何も情報を与えてはいけないと思った。ヴィンセント様は昔から賢く、聡《さと》い。私がうっかりすれば、内密にしてある婚約破棄のことなどすぐに見破られてしまうだろう。

しかし、その態度が却って悪かった。状況と、私の内緒という言葉、その表情のわずかな変化や間から、彼は推察してしまう。

「間違っていたら首を横に、言えないことなのは分かりました。……殿下と、何かありましたか？」

私は友人に対して嘘を吐くことができないようだ。それとも、ジュード殿下のことだからだろうか。

ここで首を横に振ってしまえばよかったのに、私は一つ頷くと、そこから先はヴィンセント様の推測通りの質問に素直に頷いたり、首を振ったりして、結局全て話してしまったようなものだった。

「……つまり、殿下から婚約破棄を申し出られ、それを陛下が認めていない状況ということですね？」

最後にはすっかり詳細までたどり着かれてしまい、情けないような、数少ない友人だからだと自分に言い訳したいような気分で、もう一度だけ頷いた。

「そう、ですか……。ルーニア様に……。ルーニア様、明日も僕はお休みなんです。よければ、貴族街を案内させてもらえないでしょうか？」

「気晴らしに付き合ってくれるの？　ふふ、ありがとう。じゃあ、そうしようかな」

「場所はここで、十一時に待ち合わせてお昼を食べに行きましょう。穴場があるんです」

ヴィンセント様は私を励ますように明るく話してくれる。もっと寡黙で、大人しい印象だったけれど、よく見れば私より視線も高いし、肩も広い。

当たり前のことだ。彼も大人になったし、私は女で彼は男性なのだから、体格差だってある。いくら線が細くても、彼は男性なのだと、何故だろうか、意識させられてしまう。

なんだかそれを意識してしまう自分にもやもやとした不安を覚える。

悪いことをしているような気分になったが、友達と遊びに行く位構わないよね、と私は了承してヴィンセント様と別れた。今日はこの後すぐ王宮に戻るそうだ。

なんだか、すごく熱心だったような気がするけれど……気のせいだということにしたい。久しぶりに友人と会ったから、お互いの変化に戸惑っているだけだ、と自分に言い聞かせ、私も護衛を呼んで散策に戻った。

6

頑健の加護による苦悩

ジュード

迂闊だった。心底そう思う。

二日間、ルーニアがいない夜を過ごしたが、あまりにも夜は長く、目を閉じて横になっていても頭が休まらない。

真実の愛のためならば、睡眠をとらなくても身体の健康は加護によって約束されているし、何とかなるだろうと思っていた。頑健の神の加護で私の体調には一切の問題はない。目の下にクマができることもないし、倦怠感《けんたい》も感じていない。

だが、精神は違う。脳がどうということではない、心の落ち着きが一切なくなり、感情の制御が難しい。ルーニアと共に過ごしていた時の自分と、たった二日離れただけでささくれ立った心の自分の落差に、自分でも愕然《がくぜん》としている。

こんなことになるとは思っていなかった。自分本位の思考に、周囲への苛立ち。眠りというものがもたらしてくれる余裕が、一切合切消えてしまった。

気付けばルーニアのことばかり考えているし、ミナとお茶をしている今もそうだ。

頑健の神の加護はすなわち身体能力の強化であり、感覚器官も強化される。ルーニアの傍にいれば気にならない些細《ささい》なこと、些末なことが、今はいちいち癇《かん》に障って仕方がない。

ミナが茶碗《ちゃわん》を置く音は派手で、カチャンと音がする。マナーがなっていない。ルーニアはもっと静かにお茶を飲む。

お菓子を食べる一口が大きいせいで――常人なら気にならないだろうが――咀嚼《そしゃく》音が耳に障る。ケーキを口に入れる一口、マカロンをまるまる一個口に入れる、それだけで長い咀嚼音が耳に入ってくる。

ミナと出会ったのは下町の大衆食堂だったし、ミナが物を食べているところは初めて見たのだが……本当に貴族なのだろうか？　マナーがなっていないし、正直に言って幻滅している。

いや、マナーなんて表面的なもの。これから覚えていけばいいのだし、私は今、自分が自分本位になっていると自覚している。真実の愛の前に表面的なものは関係ない。そう、これから一生を共にし、幸せにするのなら、最初に少し気になったとしてもこれからどうとでもなることに腹を立てるものではない。

一級品のドレスや化粧で磨かれたミナは、本当に可愛い。だが、何故か、とても幼くも見えてしまい、あの働いていた時の彼女に感じたときめきを、今の私は見失っている。

「ごめんなさい、ジュード殿下……あんまりおいしくて、私ばっかり食べてしまって。

はい、殿下、あーん……」

は？　私の表情が険しくなっているのを、何を勘違いしたのか、自分の口に入れたフォークで大きくケーキを切り分けて此方《こちら》に差し出してきた。

いやいや、これはない。いくらなんでもないぞ。

私はすっかり、可哀想なミナに感じていたときめきを失い、差し出されるケーキを汚いものだと思ってしまっている。これも、全部、今耐えてしまえばいいだけの、自分本位な感情だ。だから柔らかく微笑んで、そっと遠慮した。

そう、マナーは、これから覚えればいい。

「あぁ、いいんだよ。君がお食べ。私はすこし、昼食を食べ過ぎたようだ」

「ふふ、恥ずかしがらなくてもいいのに。でもそれなら、いただきます」

私は、自分のことを割と穏やかな人間だと思っていた。しかし、それはルーニアが側にいたからだと思い至る。

ルーニアの側はいつも穏やかで、彼女といると安心できた。剣の訓練でうまくいかなかった時に悔しい思いをしても、ルーニアがお疲れ様ですと差し出してくれるタオルを受け取れば自然と心は落ち着いた。

安寧の神の加護の力なのか、ルーニアだからかは分からない。

しかし、着飾ったミナが食堂でそうした時のように、距離を詰め、私の腕を掴《つか》んだところで限界が来た。思わず腕を振り払う。

「ど、どうされたんです、ジュード殿下。いつもこうして、ミナの話を聞いてくれていたじゃありませんか」

「あ、あぁ……すまない。だが、ここは王宮だ。少しだけ慎みのある行動をとってほしい」

「はぁい」

甘えるような声がカンに障る。笑い方が媚を売っている。それで汚く見える。

頑健の神の加護で眠れていないせいだ。こんなにもイライラするのは。

ルーニアと比べてはいけない。彼女はずっと王宮で王太子妃として教育を受けてきた。私のこともなんでも分かっていて、控えめながらも支えてくれて。

あぁ、くそ！　ルーニアのことばかり考えてしまう。見れば見るほど、ミナの嫌な面が目につく。

何が「家族のように」だ。ルーニアが楽しそうに微笑んだ時、ちょっと油断して失敗した時、こちらを察して沈黙してくれていた時。

私は確かに心に安寧と安らぎ、そして愛情を感じて感謝していたのに。

眠っていないせいだ。……人間は、眠っていないと、こうも攻撃的になるのか。

眠りたいからルーニアが必要だと思い込もうとしているのか？　今の自分本位になっている私の感情を、思考を、自分で信じられないでいる。

ルーニアにどの面下げて謝ればいい。それよりまず、このミナという娘をどうすればいい。真実の愛、と言って切り捨て、選んでおきながら、こんなことを考える。ほとほと自分が嫌になる。ルーニアに謝る、だなどと、そんなことはあり得ない。そう、私が見つけたのは真実の愛だ。乗り越えられる。たった二日で、ミナへの気持ちが冷めることなどない。これは、眠れない故の苛立《いらだ》ちを心の中でミナにぶつけているだけだ。……いや、これこそが、思い込みではないだろうか。

私は内心、頭を抱えていた。この不愉快な時間が、眠れない長い夜が、これからずっと私につきまとうのか。自分の中の矛盾した言動と感情に、苛《さいな》まれ続けるのか。

間違っていた。私のこれは、真実の愛などではないのかもしれない。ただの世間知らずが、ころっと騙《だま》されただけなのかもしれない。断じるには、まだ早い。今の私は、正常ではないのだから。

誰に相談すればいい？　どう解決すればいい。

そうだ、幼馴染が二人いる。一人は今、公爵家の騎士として働いているが、もう一人は王宮で働いている。彼に……ヴィンセントに、相談に行こう。

ルーニアを追い出したのは私だ。たった二日でこんなにも心がかき乱される。私はあまりに自分が愚かで嫌になっていたが、それ以上に周囲への攻撃性を抑えるのに必死だった。

そして、私は今自分を信じられない。何が正しいのか判断できない。

だから、幼馴染で親友でもある彼に頼ることにした。

◇◇◇

「で、僕にどうして欲しいの、ジュード殿下」

ヴィンセントは宰相の息子というだけでなく、実務方面での功績も目覚ましい。個別の執務室が与えられていて、私はヴィンセントともよく仕事の場でまみえる。今日は午後の執務が始まる少し前に訪れたのだが、彼はもう執務室で書類に向き合っていた。

こうして二人きりの時は幼馴染としての側面を見せて接してくる。誰もが王太子として接してくる中で、この気軽な関係はありがたいものだった。

しかし、今日の彼の目は剣呑《けんのん》な光を湛えている。言葉もどこか棘《とげ》があり、私に対して何かしら嫌悪感を抱いているようだった。

「……口外できないことなのに、相談に乗って欲しい話がある」

「うん、というかまぁ……今日は僕お休みだったんだけどね。街中でルーニア様を見かけたよ」

これで全て分かるだろう？　と言わんばかりの顔をしている。ルーニアが話したとは思えない、彼女はきっと、ヴィンセントに誘導されたのだろう。

そして、ヴィンセントは事情を知った。

長い付き合いだ。だからこそ、ヴィンセントは私が婚約破棄を申し出たことに対して怒っているのだろう。

ずっとヴィンセントとルーニアも含めて、それにもう一人の幼馴染と四人で仲良くしていた過去があるのに、私の一時の感情でルーニアを爪弾きにしてしまった。

「それで、殿下。僕に、何を相談したいんだい」

「自分でも……分からなくなってしまった。眠れないことが苦しくてルーニアを求めているのか、ただルーニアを愛しているのに一時の気の迷いで間違えてしまったのか……」

ヴィンセントは私にソファを進め、手ずからお茶を淹《い》れてくれた。部屋に備え付けの味気の無いカップだったが、お茶はハーブティーで頭をさっぱりとさせるような清涼感があった。

「僕が思うに、それは考えるだけ無駄なことだと思うんだけどな」

同じように自分用の大きなマグに注いだお茶を、彼は静かに飲む。私の過敏な五感を知っているから、波立たせないように気を遣ってくれている。

それは友情からくるものだろうが、やはり言葉に棘があるように感じる。

私の精神が攻撃的になっているせいなのか、それとも、気のせいではないのか、私は慎重に探っていたが、ヴィンセントは隠す気もなく呆れた溜息を吐く。

「ずっと一緒にいたのに、ルーニア様の魅力を認識していないなんてね」

「どういう意味だ……？」

「分からない？」

ヴィンセントがマグを顔から離し、不敵に笑う。呆れているし、見下してもいるような視線でもあり、それが、ルーニアへの好意を今まで身分の為に沈黙していたからだと、ありありと物語る。

「殿下がルーニア様を要らないというなら、すぐにでも横から掠《かす》め取ってやるんだけれど、僕はジュード殿下にも友情を感じている。だから……っ！」

彼はマグを置くと、テーブルに膝をついて身を乗り出し、私の襟首を掴んできた。

私を殴ったら彼の手の方がいかれてしまう、と思いながら、その心配とはまた別に、武を重んじないヴィンセントが暴力に訴えて掴みかかってきたことに純粋に驚き、目を見開いた。

抵抗できない。気迫が違う、と思った。絶対に勝てる相手なのに、今の私はヴィンセントに気圧《けお》されている。

「ぐだぐだ悩む程の問題じゃない。眠れるか、眠れないか、そんなことが問題なのか？ルーニア様を失って思うのはそれだけか？　自分で突き放して、ルーニア様の様子を聞きもしない。失礼ながら殿下、それは、本当に愛なのでしょうか？」

ぱっ、と手を離したヴィンセントは慇懃《いんぎん》に聞いてから、もう出て行って欲しい、と告げた。明日、ルーニアに気持ちを伝える、とも付け加えて。

ヴィンセントがルーニアに会ったというのに、私は確かに、ルーニアがどうしているかを聞かなかった。……自分本位になっている、とは思ったが、これではまるで、眠れないからルーニアを求めていると自白しているようなものではないだろうか？

分からない、分からないが……、そんな自分の思考に、これまでの人生で一番の嫌悪感を抱き、気持ちを伝えると堂々と告げたヴィンセントに合わせる顔もなく、私は礼を言って執務室を後にした。

私は、ミナに気持ちを告げる前に、ルーニアに向き合うべきだった。そんな当たり前のことを、こんな形で教わることになるなんて……。

もし、ルーニアがヴィンセントを選んでも、私はそれを責める資格もない。

それだけのことを、私はしたのだ。

一つ決めたことがある。

私は、ルーニアに謝らなければならない。同時に、決してこんな愚かな私を許さないように、彼女に伝えなければ。

7

もう一つの再会 ―ルーニア―

「あ、リューク」

「ルーニアお嬢様⁉　あ、すまん、先に戻っててくれ」

ずっと王宮にいた私にも、幼馴染というものはいる。先ほど再会したヴィンセント様と、今声を掛けたリュークだ。午前中にヴィンセント様に出会ったその日のお昼過ぎに、リュークに会うなんて。

今日はどんな巡りあわせなのか、幼馴染二人と別々に顔を合わせることになるなんて。

武勲《ぶくん》を立てて男爵に叙爵されたサルパン男爵家の次男、リューク。彼は今、どこかの貴族のお屋敷で騎士をしているようで、仲間を先に帰すと私の方に近づいてきた。

子供の頃はジュード殿下とリュークは剣を競い合ういい仲間で、王宮で二人が訓練するのを私とヴィンセント様が眺めて、四人でよく談笑したものだった。

今日は護衛が二人いたけれど、帰りはリュークが送ってくれるということで、私はお財布を受け取って護衛を帰した。

リュークは鎧の紋章からして公爵家の騎士のようで、その練度は我が家の護衛より上らしく、護衛も納得して任せてくれた。実家に帰ってまで、友達といる時に護衛付きなんて嫌だもの。

ヴィンセント様の時はやっぱり文官だし、近くに護衛が居て欲しかったけれど、リュークなら問題ない。

なんて、ヴィンセント様に言ったら拗《す》ねられるかしら？　明日もきっと護衛は付くだろうけれど。

「いやぁ、お久しぶりです。お変わりなく殿……あの方とは仲良くしてますか？」

サルパン男爵は武勲によって叙爵された為に、王宮の騎士にも一目置かれる存在ではあるが、権威主義の貴族にとっては成り上がりの新興貴族だ。

殿下の剣の練習相手がリュークだったことや、今の彼の仕事からして腕が一流なのは間違いないが、認められない人達はどうしてもいて、リュークはそれを分かっている。

殿下と親交があることを、殿下がいない場所では自分からは明かさないようにしているらしい。「買わなくていい恨みを買う必要もないでしょう」と笑って言われた。

ちなみに王宮に住んでいたとはいえ、私は伯爵家の娘なのでまだ気軽に話せるようだった。

「……うーん、家族みたい、って言われちゃった」

だからちょっと拗ねて実家に帰ってるの、と言うと、リュークはひどく驚いた顔になって、ひとまず腰を落ち着けましょう、と、私をまた違うカフェに誘ってくれた。

のんびり飲めるコーヒーと、ケーキを一つ注文した。

リュークに、ここは私が払うわ、と言ったら、遠慮なくサンドイッチとオムライス、デザートのケーキを注文されて、思わず笑ってしまった。

「騎士ってそんなに食べるの？　お腹がはちきれてしまわない？」

「いやぁ、ちょうど昼食に戻るところだったんで。せっかくお嬢様の奢《おご》りですから、美味しいものをたらふくね」

「食べ過ぎたら午後から眠くなるのに。あなたいつも午後は眠そうだったじゃない、よくばるから」

「まぁそれは昔の話ですよ。今は全然、これで普通です。……で？　あの方、ルーニアお嬢様に、家族みたい、なんて言ったんですか？」

赤いニンジンのような髪の毛先をざんばらに切って、手の届かない長い部分は後ろで一括《ひとくく》りにしているリュークは、何かを探るようにこちらを見てくる。

私は婚約破棄の話は伏せて、そうなの、と話してみることにした。

「ずっと一緒にいて、ちゃんと教育されてきて、常に人目があって……私たち、世間のカップルより距離があるみたいで」

「へぇ」

「私に可愛げがないからかな、って、離れていろんな人の話を聞いたり、見たりしていたら、思っちゃって」

「ふぅん」

「私に可愛げがあったら、家族だなんて言われなかったのかと思うと……私は好きだから、とても悔しくなっちゃったの」

先程から食べながら話を聞いているリュークは、気のない返事ばかりする。

少し怒って黙っていると、やっと私が怒っていることに気付いたのか、へらへらと笑って頭をかいた。

「いや、すみません。お嬢様の悩みがあまりに可愛らしくてね。なんせあの方は、昔っからお嬢様しか見えてなかったんで。俺は騎士になりたいから剣の腕を磨いているけれど、あの方にどうしてかって聞いたら『一生ルーニアを守るんだ』って。それにね、お嬢様は知らないと思うんで言っておきますけど……普通、どんな理由があろうと倦怠期もなく18年、連れ添うのは無理ですよ」

「倦怠期……？」

聞き覚えのない言葉に首を傾げると、訳知り顔でリュークは続けた。

「そうです。相手の細かいところが嫌になったり、些細なことがイラついたり。なんかありました？　そういうの」

言われてみれば、子供の頃は喧嘩もあったけど、おもちゃや本の取り合いくらいで……5～6歳くらいからは、全然喧嘩をしたことがない。

「たぶん、ちょっとした倦怠期だと思いますよ。とはいえ、家族のように思う、にはお嬢様も傷付いたと思いますし、そこはあの方が謝るところですけどね。お嬢様もそんなに悩まなくていいと思いますよ、あの方、お嬢様以外の人じゃあもう耐えられないでしょうから」

「そうかしら？　あの方は、誰にでも優しいわよ」

リュークに合わせて、私も殿下のことをあの方と呼んでおく。相談に乗ってもらっておきながら、リュークが面倒事に巻き込まれるのは嫌だ。

「そういうの外面《そとづら》っていうんですよ。心から優しくしたい相手なんて、人間、家族以外は一人二人が限界ですって。まして、あの方の重責を考えてみたら……倦怠期くらいあるものだと思います。傍から見れば、あの二人がねぇ、珍しいもんだ、くらいの感想です」

やたら急に恥ずかしくなってきた。

言葉が全てではない……そんなの、マナーで習ったことじゃない。殿下は今ちょっと違う文化に感化されてるだけ。私、家族のように、と言われたのはたしかに嫌だったけど……何が嫌いだとか嫌だとか言われたわけじゃない。

本当に自分は世間知らずだ、と反省する。殿下のことを責められたものではない。

「……そういえば、今日はヴィンセント様にも会ったのよ。珍しいこともあるものね、幼馴染の二人に会うだなんて。それとも、本当なら街を歩いていたらこのくらいは遭遇するのかしら？」

「ヴィンセント坊ちゃんに？　ふぅん……何か言われました？」

「え……っと、明日、貴族街を案内してくれる、って」

「へぇ、あの本の虫だった方がねぇ。お嬢様と特に仲良くしてたのはヴィンセント坊ちゃんですから、まぁ行きたい所も気が合うんじゃないですかね。……でもそれ、デートって言いません？」

「デ、デート!?」

思わず大きな声が出る。赤くなる顔を両手で冷やしているうちに、リュークの皿の上が半分以上無くなりかけている。

咳払《せきばら》いでデートを否定して、もう一つ聞きたいことを彼に尋ねた。

「あ。そうだ、一つ聞きたいことがあったの」

「なんです？」

きょとんとしているリュークに、私は首を傾げて質問を投げた。

「人間って何日寝なくても平気なの？」

「……逆にお尋ねしますが、今何日目です？」

「そうね、二晩一人で寝たから、三日目かしら」

リュークは私と殿下の加護を知っている。

その厄介な加護のせいで、私が眠らせたこともあったし、殿下の無限の体力に付き合って気絶したこともある。思えば、よくぞまぁそれでも親交を持ってくれていたものだと思う。ヴィンセント様もそうだけれど、加護なんてものに巻き込まれた幼少期を過ごしても、今もよくしてくれるというのは得難い存在だ。

リュークは何か苦い思い出でも思い返すように苦笑いを浮かべると、スプーンを置いて水を飲む。そして、ゆっくり口を開いた。

「……俺もね、騎士になるのに行軍の訓練とかもしましたけど。一日置きに三時間の仮眠を取って、それでもちょっとしたことでキレそうなくらいにはキツかったっすね。仮眠も取れないわけですから、まぁ……体力はあるにしても、あと一日、じゃあないですかね。精神的に。ありゃあキツいっすよ」

リュークが真剣な顔で答える。よほどまずいらしい。

明日になれば三晩寝てないことになる。というか、今の話を聞くに、今日はもう既に大変な精神状態じゃないだろうか。

自分から戻ろうか、と少しソワソワとしてしまう。殿下のことは大事だし、リュークの話を聞いていると、どうにもただの気まぐれというか……物珍しさであの子を可愛がっているように思う。失礼ながら、愛玩《あいがん》動物を可愛がるような。

私も一人で散策して思ったけれど、恋人同士の初々《ういうい》しい感じや、もっと距離の近いスキンシップなんかは、はしたないと思ってやったことがなかった。

私がやらないのだから、殿下もやられたことはない。婚約者のいる王太子殿下にそんな真似をしたら、その女性は不敬罪になる。そんな愚かなことをする人は、そもそも王族との親交はないのだ。

そして、お忍びで……まぁ護衛の方はついていただろうけど、害をなすわけではない少女が殿下にちょっと抱きついたところで……お忍びで行っているのだから不敬罪だとかは言えるわけもなく。

つまり、殿下は初めて私以外の……いえ、私も含めた女性から、最も距離が近い甘え方をされてドキドキしてしまったのを、恋だと……このドキドキは人生で初めて感じた、守ってやらなければという使命感もあいまって……真実の愛だと言ったわけだ。

あ、なんか分かってきた。今頃、絶対真実の愛とやらの気持ちが冷めている。

だって殿下、頑健の神の加護が赤子の時からどんどん強くなっているから、元々騒がしい場所なら気も散るけれど、二人きりの時にちょっとした音を立てただけでビックリされるもの。間違って本を絨毯《じゅうたん》の上に落としたとかだけで。かなり五感が鋭敏なのだ。

その上寝ていない。身体はどんなに寝なくても健康で、病気もしなければ余程のことがなければ怪我《けが》もしないけれど、精神はリューク風に言うならキツいことになっているはず。

「ま、でも大人ですからね。あの方が言い出したんですから、お嬢様は待ってればいいですよ。つけあがらせちゃいけません。明日のヴィンセント坊ちゃんとのデートも気晴らしに楽しんできたらいいですよ」

「そういうものなの……？」

彼は私が考えている間に、皿の上のものを綺麗に平らげると手を合わせて、ごちそうさま、と言ってから再度真剣な目を向けてきた。

「そういうものです。……男は馬鹿なんですよ。どんなに賢くてもね。自分から謝りに来ないってことは、絶対に、あり得ませんから。もちろん、謝りに来たら許すんでしょう？」

「そう、ね。うん。私、やっぱりあの方が大事だもの……許す、と思う」

「なら大丈夫です。……すみません、お嬢様。もう一個ケーキ食べてもいいですか？」

「あら、ふふ、いいわよ。私は少し席を外すわね。――あと、明日のはデートじゃないから！」

彼と話してすっきりしたのもあって、笑って私は店のお手洗いを借りに立った。

「……ってことらしいんで、あの方にご報告よろしくお願いしますよ」

なんて、リュークが、宰相閣下が私に『つけてくれた人』に言っているとも知らずに。

◇◇◇

リュークと話した翌日、私は身支度を整え、今日も護衛に（少し離れて）付いてきてもらいながら公園へと向かった。ドレスではなくフリルブラウスと膝丈のスカート、今日は財布を持つので、また違った、落ち着いた革製のポシェットを提げてみる。

ヴィンセント様との待ち合わせなのに、なんだかこうして出掛ける支度をするのは少し浮足立つ気持ちと、それを自ら咎《とが》めるような気持ちでもやもやした。可愛く着飾るのなら、やっぱり……と殿下のことが頭を過ってしまうが、ただ友達と遊びに行くだけだもの、と無理矢理気持ちを前向きにした。

約束の時間ちょうどに着くと、ベンチの所にヴィンセント様がいた。

「ルーニア様。あぁ、なんて可愛らしいんでしょう。とても素敵です」

「もう、ヴィンセント様。おやめください。……ほら、それより、どこに連れて行ってくださるんですか？」

「すみません、僕も浮かれてしまいまして。ルーニア様は宝石はお好きですか？」

照れたように短い銀髪をかく彼は、本当に賞賛してくれているのが目と声で分かった。夜会の時のように、殿下が私を褒めてくれる目と声にそっくりで、重なって見えたのだ。

そんなのはあまりに失礼で言えないけれど、私はどうにも、殿下のことで頭がいっぱいなようだった。表情筋まで動いた気はしないが、そこは小さい頃からの付き合いもある。

私の微かな感情の機微をヴィンセント様は悟ったのだろうが、気にしないようににっこりと笑うと、行きましょう、と私と連れ立って貴族街の高級店舗が並ぶ路地へ向かった。

私に護衛が付いていることも気にしないでいてくれたのでほっとしたが、なんというか、ヴィンセント様と一緒にいる自分に変な違和感を覚えている。傍から見れば、私とヴィンセント様はどう見えるのか……簡単に言えばカップルに見えてしまうんじゃないかという不安だ。

とにかく落ち着かない気持ちを悟られないように、談笑しながら街中を見て回った。

つれてこられた宝石店というのは、黒塗りの壁の、少し年若い私たちには近寄りがたい雰囲気の店舗だ。

人通りの少ない路地というのもあるが、簡単な看板がドアの上に掛かっているだけなのがまた高級感を出している。知る人ぞ知る、という感じなのかもしれない。

防犯対策の小さな窓から、そっと覗く店内には誰も客が居ないようだ。護衛を外で待たせて、私とヴィンセント様は店に入った。カラン、と上品な鐘の音が鳴る。

中に入って分かったが、装飾品になる前の原石や、カッティングされた貴石の置いてある店で、壁に作り付けの棚に飾られたそれらの石に囲まれているだけで感嘆してしまう。

「とっても素敵ですねぇ……！」

「でしょう？　石にはね、いろんな力があるらしいですよ。加護を持っているルーニア様にはあまり必要ないかもしれませんが……」

「いいえ、それでも……、ここに居ると、少しだけ気持ちが温かく落ち着く気がします」

カウンターには初老の紳士が綺麗な服を着て姿勢よく座っている。ショーケースに入った石を眺め、棚の原石を眺め、としているだけでも二時間は潰せそうだ。

知らない石も多かったが、ヴィンセント様は詳しいようで、聞けば名前やどんな石かを教えてくれる。

店員の出番がないが、二人だけで小さな声で行儀よく見て回る分には、特に口を出してこない。

「何か気に入った石がありましたか？　よければ、再会の記念にプレゼントしたいのですが」

「まぁ、そんな……いけません。それはやっぱり……受け取れない、です。申し訳ありません、ヴィンセント様」

婚約破棄を申し入れられただけで、認められたわけではない。幼馴染と出掛けるだけ、ならまだ大丈夫だとは思うが、さすがに異性からプレゼントを受け取るというのは、私がされたら嫌なことだと思うと……遠慮せざるを得なかった。

「自分で買います。この石は王宮では見たことがなくて……とても、綺麗な緑色ですね」

ペリドット、という石らしい。ヴィンセント様の説明では半貴石の扱いになるそうで、あまり王宮にあがってくる石ではないそうだ。だが、幸福をもたらしてくれる、という力があるらしく、ここ最近の落ち込みを少しでも引き受けてくれるのならと思った。持たされたお金でも買える値段なのでちょうどよくもある。

ジュード殿下の瞳に似た色だ、と思ったりもした。見つめていると、とても安心できる。

その石を選んだ私に、ヴィンセント様が少し悲しそうに笑う。

「貴女は、やっぱり……」

「はい？」

「いいえ、なんでも。出して貰いましょうか」

何かを言いかけたヴィンセント様が笑顔になって店員に声を掛ける。ショーケースにも鍵が掛かっており、小さな金色の鍵で開けられたショーケースの中から、綺麗にカットされたペリドットを一つ出して貰うと、それをカウンターで丁寧に梱包《こんぽう》して貰い、代金と引き換えに受け取った。

「良い買い物ができました」

「そうですね。……ルーニア様、よろしければ……」

外から中の様子が見えにくいのは、先程自分たちでも体感していた。そこで、ヴィンセント様はこっそり裏口から出して貰い、秘密のカフェに行かないか、と相談してくる。

護衛を置き去りにしてしまっては後で彼らが叱られないかと心配だったが、私もこのお店の中を見て随分興奮していたようだ。そのお誘いに乗って、店主に断り裏口からこっそりと出て、さらに人通りの少ない、狭い道に出た。

石畳が綺麗に敷かれていることから、怪しい路地でないことは確かだが、なんだか建物の影で薄暗いその路地をヴィンセント様と二人で歩くのは童心にかえったような気になる。

護衛の分は私が後で怒られることにして、ヴィンセント様がよく本を読みに行くというカフェへと向かった。

私は歩くつもりでヒールの高い靴でもなかったし、ヴィンセント様も歩調を合わせてくれている。それでも、少し不安が掻《か》き立てられる。なんというか、そう、殿下に婚約破棄を申し出された時のような、漠然とした不安。

「本当に王宮から追い出されてたんだな」

不意に、そんな声が聞こえて私とヴィンセント様は足を止めた。

建物の隙間から、金で雇われたのだろう、下卑た格好の男たちが次々現れ、狭い道で囲まれてしまう。

私と殿下の加護の関係については、上位貴族ならば知っている。だが、伯爵以下で知っている人間は少ない。我が家の両親も他に喧伝《けんでん》する真似はせず、殿下と同じくらいに生まれた伯爵家の娘が婚約者になった、というように認識されている。

同じ伯爵の位で、年頃の娘がいる貴族は、いつだって私を排除しようとしていることを、私は忘れるべきではなかった。

その為に、毒も効かない殿下が一緒に毒見をされた冷めた料理を食べていてくれたことも、その殿下に取り入ろうとする貴族がいることも、何もかも王宮から出たことで、私は放棄してしまっていたらしい。本当に、油断したと思う。

安寧の加護で眠らせてしまおうか、と思ったが、後から増援があった場合に眠るヴィンセント様を私は動かすことができない。体格が違うのだから。おいていくこともできないし、加護の力を使えば巻き込んでしまうだろう。

「……僕のことは、気になさらず。加護を使ってお逃げください。僕のせいで……、すみません」

「いいえ、それではヴィンセント様が危険です！　それにヴィンセント様のせいではありません。私が油断しました」

背中合わせになり、どうにかこの場を切り抜けられないかと考えている間にも、男達は剣を抜いて近付いてくる。私を邪魔に思っている誰の仕業かは分からないが、殺してしまうのが一番楽だろう。私が死ねば殿下は婚約者を別に探すことになる。安寧の加護を持つ誰かもだ。加護を持つ人間なんてそういない、見付かるまで殿下の精神が持つかも怪しい。

私は死ぬわけにもいかないし、ヴィンセント様を危険に晒《さら》すこともできない。どうすればいいかを考えているうちに「いたぞ！」という声と共に王宮の正規兵が鎧姿で駆け寄ってきた。

「ちぃっ！　なんだ、なんだ、王宮から追い出されたんじゃねぇのかよ！」

「おい、頭！　逃げ道がねぇ！」

「囲まれたってか⁉　くそっ、どうなってやがる！」

私もまったく同じ感想だ。一体何がどうして、正規兵がこんなにちょうどよく現れたのだろう。こんな人気のない路地まで哨戒《しょうかい》するものなのだろうか？

兜《かぶと》を被《かぶ》った正規兵の一人が、私とヴィンセント様に向かって一番に突っ込んできた。挟み撃ちをさらに挟み撃ちにするように囲んでいた正規兵の中でも、ただ一人だけが、統率も何も無く近付いてきて私の前に立つ。

その安心感にへたり込んでしまった私が下から見上げると、正規兵の兜の下の顔が見えた。

先ほど買った石と同じ色の瞳が怒りに燃えている。近くにいた暴漢を剣の腹で打っては倒し、私に血を見せるような真似はしない。気絶させるだけ、動きを止めるだけなのに、その剣は重く鈍い音をたてて人を吹き飛ばしていく。

やけくそになって襲い掛かってくる男達をなぎ倒しながら、正規兵の振りをしたジュード殿下は振り向くことはなかった。その間にも、他の兵が反対側の男達も倒しては捕縛していく。

「でん……」

ジュード殿下は振り返らなかった。他の兵と同じように男達を捕縛し、後ろ手に縛っては気を失った彼らを連れて無言で去って行く。

その背中にかける言葉は無く、私は暫くへたり込んだまま、何故かは分からなくとも助けに来てくれたことが嬉しくて、緊張もほどけ、ヴィンセント様に宥《なだ》められながら声を殺して泣いた。

◇◇◇

護衛は後から追い付いて来て、その頃には泣き止んだ私は護衛から叱られ、ヴィンセント様が「自分が連れ出したから」とそれを宥めてくれていたような気がする。泣いたせいか、ぼんやりとしかそれを聞いていられなかった。今はとにかく、安全な場所でゆっくりと休みたい。

疲れてしまった私を、護衛と一緒に家まで送ってくれたヴィンセント様は、去り際にそっと、私の指先に触れた。

驚いて私が手を引っ込めてしまうと、やっぱり、というように彼はまた悲し気な顔で笑う。軽く首を傾げた銀髪が、午後の日差しに眩しかった。

「ルーニア様。僕は、貴女がもし、殿下の元に戻らないのならば、必ず迎えに来ます。貴女を一人にはしません。……これ以上は言えませんので、それだけ覚えていてください」

「いいえ、ヴィンセント様」

私は、彼の言葉を受け取ることすらできなかった。

自然と口から否定の言葉が出てきてしまう。本当は、素直に受け取ればよかったのに、先程の燃えるような緑の瞳を思い出すと、その言葉すら受け取ってはいけないように思えた。

何に怒っていたのだろう。ヴィンセント様といたこと？　油断したこと？　それとも、結果的に私を危険に晒《さら》した彼自身の自責の念だろうか。

こんなことばかり考えている女が、ヴィンセント様の好意を……気持ちを、受け取っていいはずがない。

「申し訳ありません。私は……ヴィンセント様を大切な友人だと思っています。それ以上でも、以下でもありません。……友人として、これからも接していただけると嬉しいです」

他人に告白されるのも、それを断るのも初めてのことだ。

彼は答えが分かっていたかのように目を伏せると、私の言葉をゆっくりと飲み込んだように見えた。私もまた、口にしたことで、自分の心が誰にあるのかを理解したような気がする。

「貴女は本当に素晴らしい女性だ。加護があっても、なくても。僕から言えるのはこれだけですが、……どうか、お幸せに」

「ありがとうございます」

今度の言葉は素直に受け止めて、私はヴィンセント様を見送ると、心配する両親を宥めて自室に籠《こも》った。

今日のジュード殿下の、苛烈《かれつ》さが忘れられない。連鎖的に、今までのいろんな思い出が頭の中に浮かんでは消えていく。

彼の瞳と同じ色の宝石を眺めながら、思考の赴くままに任せてみようと思った。

私の気持ち、私の答えが、そこにあるような気がして。

◇◇◇

私は安寧の神の加護を受けている。そのお陰で、もしかして殿下も穏やかな心でいられただけなのかな。逆に、そのせいで私に対してときめくとか、そういうことが無かったのかもしれないのかな。

加護ってやっかいだと思う。殿下だって好きで眠れないわけではないし、私だって好きで相手を穏やかにさせているわけじゃない。私の加護がなければ本音をぶつけて喧嘩したりしたんだろうか。だって、違う人間なわけだし。

婚約破棄の申し入れ……こんなことでもなければ、私たちは『加護のせい』で一緒にいて幸せ、と勘違いしたまま一生を過ごしていたのかな。

こうして離れてみると、私は胸が苦しい。殿下が心配だし、殿下のいない生活はどこか味気ない。

なのに、必要な時には駆けつけてくれた。殿下の心が、どこにあるのか……私にはまだ、はっきりとは分からない。けれど、私の心は、殿下にある。

そもそも、加護のせいでずっと一緒に育ったからなんだというのか。そんなことは関係ない。いえ、加護があったから一緒に育ったけれど、好きになったのは加護があるからじゃない。

殿下が異性と接し慣れてないのは加護のせいじゃない。私という婚約者がいたからだ。

私がジュード殿下に作用する加護を持っていたから婚約者になって、婚約者のいる男性が他の異性と親しくするのは公序良俗に反する。反対もそう、私は護衛だなんだと男性をつけられることが多いけれど、それだって仕事だからにすぎない。

だから、私がいないところで接した女性にときめく――可愛い子から近い距離でスキンシップをされて、泣いたり笑ったりされて、嬉しくない人がいるのかは分からないけど――ことになった。

私が殿下を想うのは婚約者としての務めのためだけじゃない。

殿下の、一生懸命に何にでも取り組み、できるまでやる所が好きなんだ。絶対にそれを表に出さないけれど、私は殿下が悔しそうにしているのも、もがいてきたのも知っている。そこが好きだからだ。

リュークと話していても、リュークも頑張ってきたのは知っているし、あれだけ気質もいいのに、私はリュークが好きな訳じゃない。

ヴィンセント様に好意を向けられた時のもやもやは……あれは、戸惑いだ。二人とも友達だと思っている。……一緒の布団で寝るのは、あの広いベッドだとしても嫌だ。

リュークの言っていた通りなら、今、私と殿下は倦怠期というものなのかもしれない。外からの刺激で、今までになかった状況にお互い戸惑い、殿下はそれを受け取り、私は受け取れなかった。

本当に真実の愛ってあり得るのかしら。ときめくこと？　穏やかでいられること？　そもそも、加護を持っているのが私たちで、加護がない私たちを仮定しても何になるの？

殿下は今幸せにしているんだろうか。助けに来てくれたのは、殿下も悩んで、何か答えを見つけたからなのかな。それとも、私に対して何か責任を感じているから？

私は自分から会いに行く気はない。フラれて悲しい気持ちでいっぱいで、反省すべきところはした。だけど、殿下、私は殿下の良いところをたくさん知っていて好きなの。

正直なところ……簡単には許してあげられない。ただ眠りたいだけなら、陛下に嘆願でもして私に仕えさせればいい。一時的な心のときめきを、積み重ねて来た二人の時間以上の価値だと思って行動に移して壊したのは本当のことだもの。

ペリドットを見て彼の瞳を思う。穏やかに私を見詰めて微笑む時も、戦う時の苛烈な炎のような緑も、殿下の瞳だ。光の加減で変わるように、殿下の私を守るための剣というのを間近で見て、思い出すだけで心臓が煩《うるさ》くなる。

殿下の気持ちが今、どこにあるのかは本人から聞かなければ分からないけれど、確かに重ねて来た私たちの関係を台無しにしたことは、ちょっとした気の迷いだったのかもしれない。それじゃあ、この先何度も気の迷いがあるたびに、私は愛情があるからと許してしまうようになってしまうのかな。それは嫌だ。

私と殿下から加護というものは切っても切り離せない。だけど、私の愛情は、殿下のものだ。悲しいし悔しいけど、認めざるを得ない。

だって、三日離れていて、私が何をするにも考えるのは、殿下のことだもの。

そして彼もまた、離れていたのに、私の危機には駆けつけてくれた。どうしてこんなに心をかき乱すようなことばかりするのだろう。

「ジュード殿下……」

名前を口にしたら、涙が溢れた。
手で顔を覆って泣いているうちに、階下が俄《にわか》に騒がしくなった。

8

熊をも昏倒させる薬

ジュード

ヴィンセントに相談した日の晩、医者と厩《うまや》の責任者を呼んで、なんとか眠る方法はないかを相談した。正確には、厩の倉庫にある、熊でも眠るという麻酔薬を服用してもいいかという相談だ。

私がイライラしたり、ルーニアのことばかり考えてしまうのが、眠れないせいだと思ったからだ。ミナに対しても、ルーニアに対しても、こんな気持ちの変化はあまりにも失礼にすぎる。だから、なんとか眠る方法を探ろうとした結果、ここに行きついた。

ヴィンセントと話して、指摘された言葉は本当だった。ルーニアはどうしているのか、と、何故口から出てこなかったのだろう。

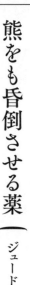

私は正常な頭を取り戻したい。そして、ルーニアのことを今一度考え、誠実な対応をしたい。

決してルーニアを自分の人生の犠牲者にさせたくないし、ミナへの気持ちが冷めたのかどうかを、まさか寝てないからだとか、五感が過敏だとかで済ませるのは、両人に対してあまりにも礼を欠いている。

ルーニアを求めているのか、ただ睡眠というものを求めているのか、自分の中ではっきりさせなければならないと思った。これではどちらにしろ、謝りに行くことなんてできない。誠実でない謝罪に何の価値がある？

と、いうわけで、なんとか医者たちを説得して、早朝に私は薬をあおった。公務はイライラして進まず宰相に取り上げられているため、気にしなくていい。

人間なら即座に気絶するらしいので、ベッドの上で。

……結果、私には睡眠薬は効かないことが分かった。全く眠気も来なければ、倦怠感もないし、体の重さも感じない。健康体だ。

「くそっ……！」

自分の膝を叩く。痛くもない。眠れていない今、思考が混線してきているのがわかる。この感覚は覚えている、生まれたばかりの時に味わった、自分の周り全ての情報がぐわっと入り込んでくるような感覚。身体の頑健さ……つまり、脳機能も頑健にすぎて、普通の人間ならば忘れる幼児期の記憶まで鮮明に覚えている。やっかいなことだ。

なのに、精神はついてこれない。感情の制御があやふやになり、今とても人前に出られる状況じゃない。

「殿下、失礼します。お話したいことがあります」

「……なんだ。この愚かしい私を廃嫡《はいちゃく》することでも決まったのか」

「殿下……」

入ってきたのは宰相だった。私の神経が過敏になっているのを知っているからだろう、とても静かに動き、声も穏やかだ。

「殿下、急ぎ二つのご報告があります。悪い報告と、どちらかといえば悪い報告です」

「……では、どちらかといえば悪い方から」

ルーニアが私の元に戻るのを嫌がって新しい婚約者でも見つけたのだろうか。ヴィンセントとは昔からの付き合いだし、あの二人ならばお似合いでもある。二人が一緒にいる所を想像すると……何故だろうか、とても、嫌な気分になるが。

あれだけ美人で気立てがよく、マナーもあって気遣いもある女性だ。ヴィンセントとうまくいったのだとしても驚かないぞ。……おかしい、健康体なのに、胸が引き裂かれるように痛い。

「ペリット子爵令嬢が陛下の勅命に背き、殿下が婚約破棄を申し入れたことを『殿下は婚約破棄をされて私と婚約するの』と自身のご両親に話していたことがわかりました。それを笠に着て、ペリット子爵夫妻は遣わせた官僚に無体を働いています。この事実を以《もっ》て、ペリット家は爵位を失い平民となります。これ以上、直轄地の領民に負荷はかけられません。殿下は王太子であり唯一の王子ですので、残念ながらペリット子爵令嬢とは結ばれることはないでしょう」

どちらかといえば悪い報告……はは、そうだな。宰相には初めからお見通しか。

ミナと離れられると聞いて感じたのは、安堵《あんど》感。とてもじゃないが、あの不協和音と一緒に暮らすことはできない。

酷い男だ……ルーニアに戻ってきてもらう価値がない。私はこの狂いそうな精神状態を健康体のまま、なんとか平常心に戻す訓練をしなければいけないだろう。

「で、悪い報告というのは？」

「ルーニア様には私の手の者をつけています。ルーニア様が声を掛けるまでは悟られないように……婚約破棄の報告にいらした時のルーニア様はショックを受けており、人をつけていることは忘れているようです。細かく伝令が入っていますが、腹の黒い貴族が一人、ルーニア様を汚れ仕事に慣れた連中を使って付け回しているようです。どこに行くかも分かっております、哨戒の兵に紛れるのならば装備をご用意しますが……？」

私は背を向けて話を聞いていたが、目を見開いて宰相を見た。

「す、すぐに、向かう。私が婚約破棄を申し出なければ、ルーニアにそんな危険は訪れなかったはずだ。何もなければいいが、ダメだ、向かう。装備を」

「はい。――蛇足ですが、そこで、リューク殿に協力をあおぎ、ルーニア様のお気持ちを確かめました。……お許しになるそうですよ、殿下が誠心誠意謝り、ルーニア様を心から愛しているのなら」

私の目は零れ落ちそうな程見開かれただろう。焦燥と安堵、相反する気持ちが胸を満たすが、すぐにそれを打ち消した。

ルーニアが許すようなことは何も……いや、ルーニアに許されてはいけないようなことを私はした。そうだ、許してはいけないんだ、ルーニア。

「そ、れは……まことか？」

「リューク殿に嘘をつくルーニア様ではございません。あの方もあの方なりに、反省すべきところがあった、とおっしゃっていたとか……」

「ルーニアに瑕疵《かし》などない！　っ……あ、すま、ない」

思わず大きな声が出てしまった。

涙が溢れてくる。彼女をそこまで傷付けてしまった。加護がない私たちはきっと出会うこともなかっただろうが、加護のない私たちはもっとあり得ない。

私たちの一部だ。左腕は利き腕ではないからなくてもよかった、などと思う者がいないように、加護は不便だからいらなかった、とはならないのだ。

加護があって、出会い、そして共に暮らしてきた。

私の頑健の加護は私の身体の健康、身体能力、感覚器官の強化、他にもさまざまな恩恵があるが……大きいのは、近くにいる者の健康にも影響することだ。

年々強くなる力は、私の体から溢れ出て、近くにいれば健康でいられる。まるで、私が健康に生きている間、一緒に健康で生きていられるとでもいうように。

いっそ、自身の精神の健康にも作用してくれればいいのに。しかし、それはきっと違うのだろう。健康で間違わない心とは、物語に描かれる理想の正義の味方と何が違うのだろうか。

そもそも、間違いを、失敗を、敗北を知らない心は成長するのか？

この引き裂かれるような胸の痛みを知らずに他人の気持ちを考えることができるのか？　生まれながらに健康な心とは、生まれた時から不健康な心ではないだろうか。

頑健の神の加護が肉体にしか作用しないのは、私が幼い頃から幾度となく感じた悔しさや悲しさ、必ず達成してみせると歯を食いしばった全ての精神の成長を妨げないためだとしたら。

私は今、ルーニアを傷付けた胸の痛みを知っている。

私は今、ルーニアが許すと言った心に涙が出るほど感謝し、そんな資格など無いと己を嫌悪している。

「いや、今は考えている時ではない。装備を……ルーニアの所へ向かう！　装備を頼む！」

「かしこまりました」

宰相はまた、音もなく去っていった。

胸が、おかしい。バクバクと心臓が速くなっている。高鳴りではなく、高揚でもなく、この感覚は……恐怖。

私は、ルーニアに謝ることしか考えられなくなっていた。どうやったら彼女の傷が癒えるのか、私がその傷を受けることができるのか。

だが、謝る前に、ヴィンセントの誠実さを優先させたい。その邪魔をさせるわけにはいかない、ルーニアの命や平穏な日々を、誰かに奪わせるわけにはいかない。

正規兵と同じ装備に身を包み、哨戒に向かう馬車に乗って、一緒に街を見て回った。

宰相の手回しはちゃんとしていて、ヴィンセントがルーニアと向かうだろう路地を指示してくれていた。自分の息子のことだからだろうが、ここまで行動を把握されている息子というのも、少し息苦しそうだ、とヴィンセントのことを考えもした。

しかし、実際に人気のない路地で暴漢に囲まれているルーニアを……そして、ヴィンセントと二人でいる姿を見た私は、今まで感じたことのない程のどす黒い感情を覚えた。

この状況を作ったのは、私だ。

ルーニアが他の男と二人でいるのも、命の危機に晒されているのも、私が手放し、突き放し、そばを離れたからだ。

その後のことはよく覚えていない。ルーニアの顔を見ることも出来なかった。どんな顔をしていたかは分からないが、微かに呼びかけられた気がする。

とにかくルーニアの命を狙う暴漢どもを薙《な》ぎ払《はら》うことしか考えられず、一人でつっこんでいった。

彼女を守るために、私は剣を鍛えてきた。だが、彼女の目の前で人を殺すような真似はしたくない。だから、とにかく剣の腹で暴漢たちを吹き飛ばした。

ヴィンセント側に居た暴漢も、挟み撃ちにする形で他の兵が倒して捕縛していく。こんな真似をしたのが誰なのかを、吐かせる必要がある。すべて生け捕りにして城に連行した。

私は今どんな表情をしているのかは分からないが、きっと醜い顔をしているに違いない。

ルーニアを助けられたことに安堵し、姿を見たことで……しかも、情けないことに他の男と一緒にいたというだけで、私はまだもやもやしたものを抱えていた。

こんな自分勝手な私を許してはいけない。

縛り上げた暴漢たちを乗せた馬車に一緒に乗り込み、城へと帰りながら、すぐにでもルーニアにそれを伝えなければならないと……何も悪くないのだと、伝えなければと思った。

そう決めてしまうと、胸の内のどす黒い感情が、ルーニアとの思い出に塗り替わっていく。

それだけで、私の気持ちはこんなにも、苦しくも、救われるというのに。

城についてすぐ、着替えて馬車を用意させた。

愛している女性に頭を下げにいくというのに、私には花を用意するという考えすらなかった。ただ、謝りたい。許されるためではなく、許さないでくれと、謝りたい。

もしヴィンセントが気持ちを伝えてルーニアが受け入れたのだとしたら、私は祝福はできずとも、受け入れる。

こんな私の身勝手で、ルーニアを傷付けたことを、ルーニアが許そうとしていることを、私が許せない。

だから謝りにいく。こんなに、愛とは苦いものだったのかと、奥歯で噛《か》み締めながら。

9

ジュード殿下の狂乱 ――ルーニア――

「ルーニア！」

泣き疲れて眠ってしまっていた私は、階下の騒がしい様子に目覚め、部屋から二階の廊下へ出た。

一階の様子を吹き抜けから見下ろすと、エントランスに殿下がいた。先ほどのように視線を合わせないこともなく、私の姿を認めた瞬間からまっすぐと私を見詰めている。

先程見たばかりだというのに、まっすぐと見る殿下のお顔は……大変険しい。

真実の愛とやらではやっぱり眠れなくて、イライラして、縋《すが》りにでも来たのかな、なんて意地悪なことを考えてみたものの、それは見事に的外れだった。

殿下はいきなり両膝と両手をエントランスの冷たいタイルに押し付けた。

「私が悪かった！　傷付けてすまない、すべて、すべて私が悪い！　戻ってきてくれなどと虫のいいことは言わない、だが聞いてくれ。私は君を傷付けた、心は間違いを犯す半端者だ。この通りだルーニア、どうか、どうか傷付いて泣いたり、君に悪いところがあったとは思わないでくれ……！」

そして、思いっきり頭をタイルにガンッ！　と、ぶつけた。押し付けたのではなく、ぶつけた。石のタイルに。

そして、石のタイルが負けて粉々に砕け、下の石造の基礎まで見えている。

これには、慌てていた使用人も引いている。身体ごと。

部屋の中まで聞こえてきていた「お待ちください！」という声からして、使用人たちは殿下が私の部屋に来ようとしたのを押しとどめてくれていたのだろう。

普通、いくらなんでも淑女の部屋に押し入る紳士は居ない。

なんだか、殿下が私を見つけてからの一連の行動を見ていたら悩んだり考えたりしていた心がすとんと落ち着いてしまい、二階の床の修理よりはエントランスの修理の方がまだ楽よね、なんて思って眺めてしまっていた。

殿下の奇行は終わらない。

「本当に私は大馬鹿者だ！　こんな大馬鹿者など死んで詫びるべきなのに、私には自決も許されない！　天寿を全うするしかない！　こんな愚か者の治める国に君のような素晴らしい女性を住まわせるなど、悔しくて、悔しくて……!!」

ガンッ！　ガンッ！　と、殿下が一言叫ぶ毎に頭を打ちつける。エントランスにどんどんひび割れが発生していく、その中心は当然殿下だ。頑健すぎる。

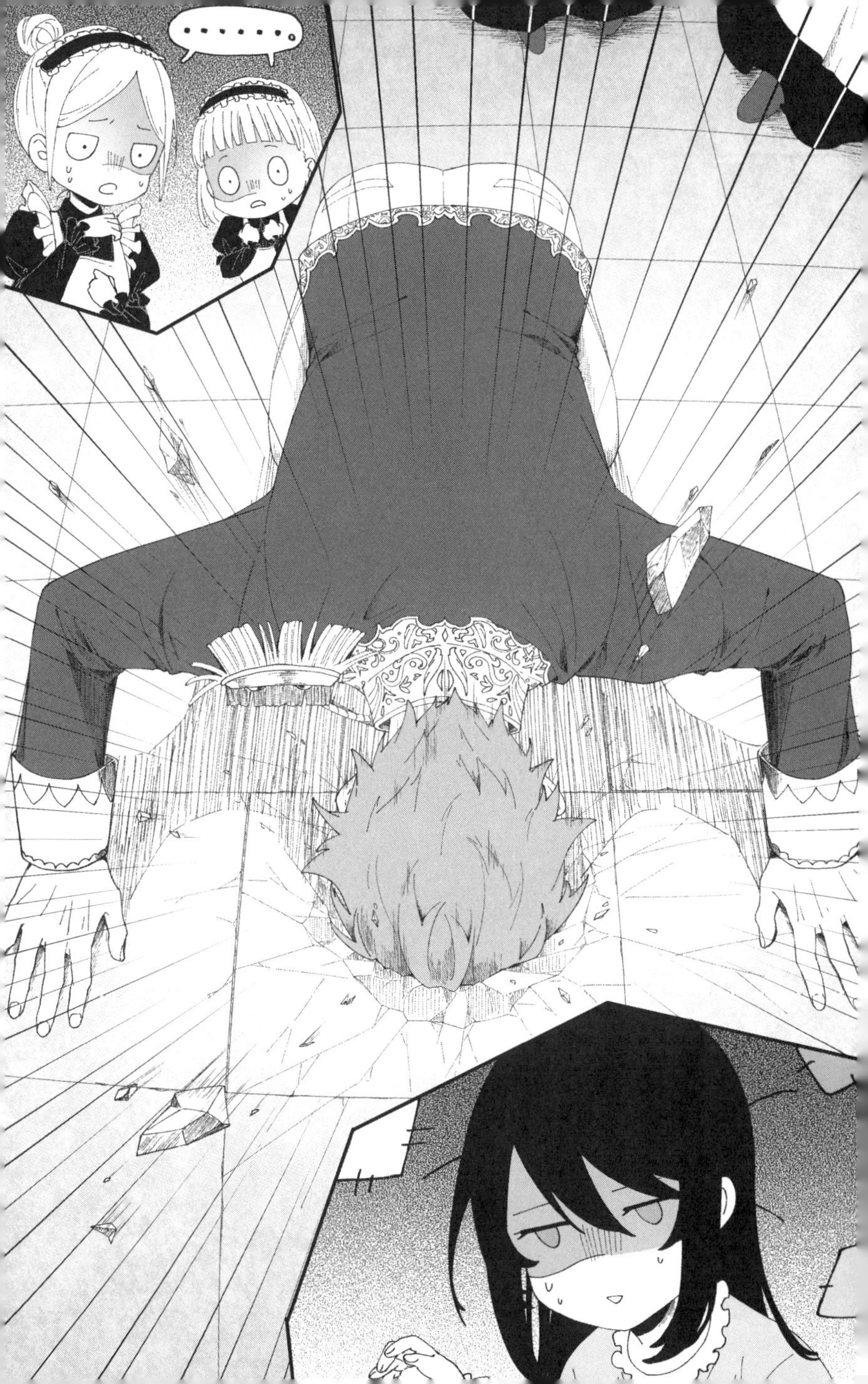

そして、頭がすっぽり入ってしまうんじゃないかというような穴が開いた。なお、深く頭を垂れて押し付けているせいで、頭がエントランスに埋まっているように見える。

完全に奇行だ。狂乱ともいえる。

これは話し合いどころではない。

この謝罪は、たぶん『加護の無い私たちは私たちではない』という同じところにいきつき、それでなお私のことが好きで傷付けた自分が許せないから、していること。

ヴィンセント様の気持ちも知っていたのかもしれない。私に戻って来てくれ、と言わないのは、そのせいかしら。でも、さっき助けてくれた時の殿下の苛烈さは……あれは、嫉妬という気持ちだと、私も数日前に知った。

我ながら酷いとは思うけれど、今の殿下が私に愛を捧げる資格すらないことくらいは、眠ってない精神でも理解できるようだ。うん、今のジュード殿下に愛してると言われても、この浮気男！　ってなる気しかしない。私も……ヴィンセント様のことがあるから言えた義理ではないのだけれど。

私から殿下への愛情があるとはいえ、そして、どういう経緯でそう至ったのか理解できたとはいえ、いきなり婚約破棄を申し出られた私の感情だってまだぐちゃぐちゃなのだ。

ある意味正解の行動だと思う。許さないでくれ、と謝るというのは。

そうか、世の中の夫婦というのは、こういう相手のちょっとおかしくて頭の悪いところとか、嫌なところとか、そういうのを許容して連れ添っていくものなんだろうな。

そういう意味では、殿下、私たちはたぶんいい夫婦になれますよ。だって、ねぇ？

人の家のエントランスを土下座からの頭突きで破壊しながら、泣いて謝ってる姿が、可愛いと思えてしまう。

（私、殿下のこと好きなんだなぁ……）

数日考えてそこは認めたところではあったけれど、こんな明らかな破壊行動であり、どう考えても頭がどうにかしたとしか思えない謝罪に、愛《いと》おしさを感じている。

私は安寧の神の加護を持っている。なんなら、夫婦喧嘩なんて一生経験せずに過ごせるかもしれない。

でも、離れてみて、こうして改めて向き合う。それが夫婦喧嘩というものなら……王宮の床には謝罪用に鉄板でも仕込んで貰おうかな。私はこんな謝り方はしないけど、殿下の心は『生まれながらに健康』じゃないから、また間違えた時に同じことをするかもしれないし。

とりあえず、このままだと家の基礎工事から全部やり直しになりそうだったので。

「ジュード殿下」

「はいっ！」

すごい、頭に擦り傷ひとつない。まっすぐ、とても真剣な顔で二階の私を見つめてくる。

「まずは、おやすみなさい」

とびきりの安寧の加護をこめて、私は殿下の謝罪に『睡眠』を返した。

今は殿下の謝罪に何を返していいか分からなかったし、何を言っても家が破壊されそうだ。少しだけでも眠って、理性を取り戻してほしい。

近くにいた使用人たちも巻き込んでしまう。ばたばたと人が倒れて寝息を立てる中、殿下の顔が歪む。

「ルー……ニア……」

よく名前を呼べたものだ。自ら開けた穴にスポッと頭をはめる形で、殿下も眠った。

家の修理代は、宰相閣下に請求しておこう。

◇◇◇

眠った殿下と使用人たちをそれぞれベッドに運ぶために、騒ぎに加わらなかった私兵や使用人を呼ぶと、エントランスの異様な光景にやや躊躇《ちゅうちょ》しながら入ってきた。分かる、私も落ち着いて見るとちょっと引いてる。

土下座のまま自ら開けた穴に頭をはめて眠る殿下の姿など、本当にうちのエントランスでよかったと思う。人目のある王宮や外で同じことをしていたら、殿下の今後に差し支えるんじゃないかしら。

殿下は客間に、使用人は使用人の部屋にそれぞれ運ばれていき、エントランスの穴はとりあえず木の板で塞がれた。

私はベッドに腰掛け、殿下の寝顔を見ながら考える。

――許さなくていい、許される資格がない。ただ傷付けたことを謝りたい。

私が殿下のことを許すなんて言ったのはリュークにくらいだ。きっとリュークが伝えたに違いない。先程悪漢に襲われた時に助けにきてくれたことからしても……宰相閣下が何か噛んでいるのだろう。

リュークのお陰でエントランスに穴が開いたと、後で文句を言わなければ。しかし、殿下の精神が壊れてしまう前に、こうして寄越してくれたのは、本当によかったと思う。

いや、精神状態はおかしくなっていたな。エントランスに頭突きで穴を開けるなんて、理性が働いている時ならやらないはずだ。まさに、恥も外聞も無く、なのだろう。さっきの殿下に、正気ですか？　とあの時と同じ質問をしたら、正気じゃない！　と答えたに違いない。

だってたった三日前ですよ、殿下。私はフラれたし、フラれ方にも傷ついた。だけどそれは、私たちの育った環境もあるし、私たちの抱える加護という、もう加護というか呪いのせいでもあるわけで。

加護は歳を重ねるごとに強くなる。私は安寧の神の加護を受けていて、それで尚傷ついた。18年の思い出と、あなたを想う心はそれだけ重い。

だから、来てくれてよかった。あなたのことを、陛下も宰相閣下もリュークも大事に思っている。優しくて真面目な殿下が、私のところにあんな失礼な婚約破棄を申し出たのに直接謝りに来るというのは、きっと一人では無理だったことだろう。

どこまでも、どんなに嫌でも辛くても、私に謝ることすら申し訳ないと思って、自らの頑健の加護で精神がおかしくなって、それに慣れて……それじゃあ何年かかるか分からないし。私もその頃には、諦めて他の人と結婚していたと思う。

今、あなたのことが好きなのは私。愛している人はいっぱいいる。

特に陛下は愛情深い方だし、私も愛されているけど、殿下のことが一番なのは仕方ない。だから、宰相閣下のされたことも、リュークのしたことも、私は怒れない。愛している人が苦しむ姿を見るのは誰だって嫌だろうし、私も好きな人には幸せに過ごして欲しい。

真実の愛、と語って私を振った人がこんなに愛おしいなんて、殿下のされたことも大概おかしいことだけれど、私も大概馬鹿だと思う。

私たち二人のことで、いろんな人を振り回して、巻き込んで、エントランスに穴も開いたし、それでも健やかな寝息を聞いていると、よかった、と思う。

私一人では、殿下の元に戻る選択はできなかったし、殿下もきっと、一人では私の元に来る選択ができなかっただろうから。

許されると知っているから来たのだろうけど、許してはダメだと言いに来るあたり……本当、殿下らしい。

「う……ん、ルーニア……」

時間にしたら三時間くらいかな。深く眠った殿下が目を覚ましたので、はい、と答える。

「……私はまた、迷惑をかけてしまった」

「そうですね。でも、修理代は宰相閣下に請求しますのでご安心を」

「そうか……私たちは、一緒にいすぎたようだ」

「そうですね」

まだ眠たげな殿下は、それでも少しは眠って整った思考で、以前のように理路整然と話している。ほっとした。

「家族のようだと、思ったのは……この安心感が、お互いに分かり合っている心地よさが、当たり前になっていたからなのだなと……心底、思い知った。離れていった君のことを思ったら、胸が張り裂けそうだった」

精神は肉体に作用するのかしら。

それもそうか、じゃなきゃ私の安寧の神の加護で殿下が眠れるはずがない。精神的に乱れている時でなければ、殿下だって他人の家のエントランスに穴を開けたりもしない。

いくら頑健で健康な肉体でも、精神がおかしくなれば肉体に影響も出るだろう。眠れない身体で精神を蝕《むしば》まれ続けるというのは、どのくらい辛いんだろう。

この人は国のために頑張ってきた。一番間近でそれを見てきた私は、殿下がおかしくなって廃嫡されるという結末は一応回避できたようで、それにも少し安心している。

「……許してくれとは言えない。そばにいてくれとも、愛しているとも。今の私の言葉は全て羽より軽い」

「本当にそう思います」

「否定しないのだな……はは、うん、宰相に、リュークから君が私を許すと言っていたと言われて、それはいけないと思ってやってきた。どうか許さないで欲しいと……思う」

今の自分に発言する権利が全くないこともちゃんと理解できているようだ。今の殿下は正気だな、と勝手ながら思う。

「殿下、あなたの言葉は羽より軽いんですよね？」

「あぁ、そうだな。全くもって自分が嫌になるが、羽より軽い」

「では、家族のようだと言われたのも、羽より軽いお言葉ですね」

「ルーニア……」

「真実の愛を見つけたのも、羽より軽いお言葉ですね」

「……」

「そういうことにしませんか？　私たち、しょせん、神の加護ありきで18年も、ずっと一緒にいたんですし」

18年一緒に暮らして、毎日一緒に眠って、物心がついて初めての喧嘩。派手に始まって周囲を巻き込んだこれを、上手に正しく終わらせるやり方も、私たちは分からない。

「今日はお泊まりになっていってください。我が家のベッドもなかなか寝心地がいいでしょう？」

「そうだな。……あの広いベッドも悪くないが、普通のベッドで寝るのも新鮮だ」

もう少し眠って欲しい。私も、もう少し考えたい。

だってもう、二度とこんな喧嘩はしたくないから。許し方を考えなくちゃいけない。

……喧嘩って疲れるのね、と思いながら、殿下にまた、おやすみなさい、と私は声をかけた。

◇◇◇

客間に殿下を寝かせ、私は階下に下りて、とりあえず両親に婚約破棄のことは言わずに、初めて殿下と喧嘩したことを告げた。

エントランスの修理代は宰相閣下に請求することと、18年以上夫婦でいる両親にアドバイスを求めた。仲直りの方法、喧嘩をどう終わらせるかの、方法。

「まぁ……そういうことだったのね。ルーニアはずっと王宮で暮らしていたし、私たちとは毎日一緒にいたわけではないから……」

「そうだな、私たちの夫婦喧嘩も見たことがなくて当たり前だ」

ビックリした。両親は毎週会いに来るのに、その時に喧嘩していたことなんて一度もない。

「あのね、この人ったら一時舞台女優に熱を上げていたの。ルーニアに会いに行く日以外の全日チケットを取って、毎日同じ舞台を観に行っていたのよ」

「お、お前だって年若いカフェのウェイターがかっこいいからと、わざと一人で昼食をとりに行って眺めていたろ」

「そうよ？　でも、ランチ代とチケット代じゃ全く金額が違いますからね。姿絵やポスターまで買って……」

「カフェに行くのに同じ服では恥ずかしいからと、新しく服を仕立てていたじゃないか」

我が両親ながら、聞いているこっちが恥ずかしくなるような理由で喧嘩していた。

「まぁでも、それは全部終わったことなの。こうして娘に話せる程度にはね。お互い根に持っているけど、笑い話なのよ」

「……そういうことだ。ちなみに、私が許してもらったきっかけは、お母さんの好きな花をさりげなく毎日エントランスや寝室に飾ってみた。口をきいてもらえなかったから、見えるように」

「私が許してもらったのは、一週間くらいこの人の好物だけ作り続けたからかしら。お肉が好きだから、私は胃薬を飲みながら一緒に食べて。あと、夜食に手作りのスープを持っていってね。怒っていると、あぁ、と、いや、しか言わないから、胃袋を攻めて美味しい、と言わせるまで頑張ったの」

まさに態度で示したわけだ。

私は不思議に思ったので聞いてみた。

「なんで別れようとは思わなかったの？　結婚していても、私は手を離れていたし、いくらでも離婚できたでしょう？」

父親が照れたように母親の肩を抱く。母親も照れながら身を寄せた。

「別れるのに値する理由じゃなかった。積み重ねてきた年月と、これから先一緒にいる年月。どれだけ他の人に、一時的に熱を上げても……」

「ええ、私、この人じゃなくちゃいやなの。カフェのウェイターは眺めて、ちょっと店員と客として話せればよかっただけ。すぐに通わなくなったし、なんでも話せるのはこの人だけ」

「殿下とお前は王太子と王太子妃になるのだから、こんな喧嘩はしないと思うが……」

どちらかと言うと、こんな喧嘩どころじゃないところまで話が飛んだことは黙っておく。

「加護があってもなくても、両親の私たちより同じ時間を過ごしたんだ。二人だけの秘密もあるだろうし、こうして殿下が来るまで私たちにも喧嘩したことは話さなかった。……ルーニアが、この先もずっと殿下と一緒にいたいと思うのなら、仲直りのコツを教えよう」

愛情と真剣さのある眼差しで、父は言ってくれた。ただし、お前がもう嫌ですと言うなら、お前を連れて国を出てやるがね、と父は続けた。母も笑顔で頷いている。

ただの婚約ではないのに、両親は殿下でも国でもなく、私を愛している。私のことも、こうして愛してくれる人たちがいる。

胸が熱くなった。

「私は、殿下を愛しているけれど、今回……許せない、と思う自分もいて。自分から王宮に戻らなかったのは、そういう理由です。仲直りの、コツ、ってなんですか？」

スカートを握りながら、たどたどしく話す。子供に戻ったような気分だ。

「知らないふりをして日常に戻ること。全て白黒つけようとしないこと。あとは、態度で……上手く伝えられない時は無理して言葉を使わなくてもいい。行動で示すこと」

「ええ、私たち、未だにこうして根に持ってますけどね。でも、笑い話なの。娘になら話してもいいくらいの、ちょっと恥ずかしい話。その恥ずかしい自分を、さり気なく許してくれる人だから、別れなかったの」

日常に戻って、白黒をつけようとせずに、だけど態度で示すこと。

両親のアドバイスは実にためになった。私も、今回のことはまだわだかまりがあるけれど、日常に戻ろうと思う。

エントランスの床に穴を開けた修理代の請求書を送って、領収書の控は私の手元にしまっておこう。態度で示してくれたことを、両親のように忘れないでいるために。

……私が原因で喧嘩になったら、どうやって殿下に態度で示そうかな？

18年も一緒にいると思ったけど、両親に比べたらまだまだだ。両親も政略結婚だっただろうに、もうこの人以外とはやっていく気がない、と思っている。

そういう夫婦になりたいな。

殿下はどう思ってるのかな。明日起きたら、態度で示してくれたから、羽よりも軽い言葉じゃない言葉で、ちゃんと話したい。

10

白黒つけること、つけないこと

ジュード

久しぶりに熟睡をした私は、翌朝、応接間でルーニアと二人、朝食をとっている。城と違って毒見役はいない。この屋敷の者は、ルーニアの加護を身をもって知っていて、苦労して育児に携わった古参の者が多いという。私には毒は効かないし、ルーニアの身内にルーニアを殺そうとする者などいないので、毒見を通さずに温かい食事が出て来る。

温かく湯気を立てるスープに、まだ温かいオムレツとベーコン、焼きたてのパン。質素でも温かい食事がこんなに落ち着くものだとは思わなかった。普段はルーニアをどうにかしようと企《たくら》む貴族もいるので油断できないが。

ルーニアが城から出た途端、悪漢に襲われるという事件が起きた。これまで以上に気を付けようと思う。

戻ってきてくれるのならばだが。

「最近、お城の方はどうですか？　殿下も公務がおありですのに、我が家に引き留めてしまいましたが……」

「あ、あぁ……。なんとかやっていたんだが、内容がめちゃくちゃで……宰相に取り上げられた」

「ふふ、まぁ……では、私も手伝いますから、帰ったら遅れた分の仕事ですね」

ルーニアの笑いながらの言葉に、私は思わずカトラリーを手から落としそうになった。

「か、帰ってきてくれるのか⁉」

「はい。――昨日、両親には、エントランスに穴も開いたので、殿下と喧嘩したと話しました」

ルーニアは優雅に食器を使いながら、世間話でもするように話す。まるで当たり前のことを、日常会話をするように。私が婚約破棄を申し出たことなど、なかったかのように。

私はそんな彼女の言葉の方が大事で、手が止まってしまっている。

「私がこの先も殿下と一緒にいたいなら仲直りのコツを教えてくれる、と言われました。そして、……私は教えてもらうことにしました」

ヴィンセントとのことを、ルーニアは口にしなかった。それが答えだろうし、それは、ルーニアが分かっていればいいことだ。

「……」

「日常に戻ること。白黒つけようとしないこと。態度で示すこと。だそうです、殿下。私たち、喧嘩の種がそもそも普段はあまりないので、今回は周りの人も巻き込んで婚約破棄なんて話になりましたけど……」

ルーニアの言葉に、ルーニアの両親の思いに、私は言葉を詰まらせる。先ほどから沈黙しか返せていない。胸が、心が、温かいもので溢れて泣きそうなのを堪える。

「私たち、喧嘩の始め方も下手なら、喧嘩をしたことがなかったので仲直りも下手です。だから、日常に戻って、白黒つけないことにしました。エントランスに開いた穴が、殿下の態度です。……でも、根には持っていていいみたいですけどね」

「そうか……、そうだな、根に持っていてくれ」

私は結局、堪えられずに俯《うつむ》いて涙を流した。

ルーニアも私も、両親の揃った環境で育っていない。ルーニアは王宮にいて、私は母上を亡くしている。見本がいないまま、喧嘩をした……私のこれは喧嘩で済まされてしまってはいけないと思うのだが……ルーニアは、喧嘩ということで済ませようとしているらしい。

分かっている、これは甘えだ。恥ずかしいことだ。もう十分眠ったのだから、ちゃんと考えられる頭で、それで済ませていい話ではないと、ルーニアに言わなければいけない。

見えないように俯いたまま涙を拭い、顔を上げた先のルーニアは、そんなこと全部分かっているという顔で微笑んでいる。

白黒つけない……つまり、私は許されたわけではない。一生根に持たれていなければならない。

全て、私が、全面的に、心から悪かった。

ルーニア。私たちはこの先まだ何か間違えることはあるだろう。だが、決して。

決して二度と離れるような真似だけは、離れられるような真似だけはしない。

そして、私はもう一人……ミナには、自分で決着をつけなければいけない。彼女とは、一生を共にすることはできないと。

だから、白黒をつけなければいけない。

「明日、迎えにくる。もう一日待っていてくれるか?」

「えぇ、殿下。帰省の機会をありがとうございます。実家というのは、いいものですね」

ルーニアはカトラリーを置くと、花が咲いたような綺麗な笑顔で告げた。

私はその笑顔に、心臓が確かに大きく脈打つのを感じた。

11

元・子爵令嬢の末路
――ミナ――

急に王宮からの兵士が家に乗り込んできたんだけど⁉

家族全員居間に集められて、国王陛下からの勅命を破ったことにより忠義無しと判断されて……とかなんとか、とりあえず長々と理由を聞かされたけど、最後の言葉が最悪だった。

よってペリット家の爵位剥奪、及び官僚への不適切な対応によって家財の全ての没収、って何それ⁉

もぉ、パパもママも何やってくれてんの⁉　安心させてあげよう、って内緒だからねって教えたのに、さっそくバラしたわけ⁉　馬鹿じゃないの⁉

一緒に付いて来て後ろで憐《あわ》れむように私を見ている殿下も殿下よ。

たったの三日でこのザマ、一体何があったというの？

これこそ可哀想じゃない！　私のこと助けるとか庇うとかしなさいよ！　ムカつくわ、マジでムカつく、これならまだ稼いでる冒険者とかひっかけた方がマシだった。

全くタイプじゃなかったけど、金持ちそうな身形であほヅラ下げて平民の食堂に来た奴だから、甘えて擦り寄って泣き落としたのよ！　全部私が楽するために！　全部私が贅沢をして暮らしたいから、貴族としての生活に戻りたいからに決まってるでしょ！
真実の愛なんてもん、この世にあると思ってるお花畑クンの相手をするのがどれだけ面倒くさかったか。落とすのに何日かけて、どんだけベタベタしてやったと思ってるのよ。

「ふざけないでよ！　私は騙されただけじゃない！　婚約破棄なんて殿下が一方的に言ってただけでしょ⁉　なんで一方的に……私だって、こんな苦労したくてしてるわけじゃないのに……！」

書面を読み上げた官吏は、痛ましそうな顔で私を見た。

「陛下よりは、勅命を守っていれば、王家から後に多額の慰謝料とペリット子爵令嬢へ見合いの相手を斡旋《あっせん》する心算はあったと。そして、その為の淑女教育を受ける機会も。殿下のお気持ちが本物だと証明された暁には確かにジュード殿下とルーニア様の婚約破棄の後、婚約する可能性もあったと。……ただ、全ての機会を失ったのは、陛下の命に背いた貴女のせいです」

「……ッ‼」

黙っていさえすれば、私は望むものが手に入ったのに。馬鹿な両親を信じた私が大馬鹿だったということね……。

別に殿下じゃなくていい。私が何不自由なく暮らせるなら、誰だってよかった。私の中にあったのは、金持ちの男と結婚したい、という気持ちだけ。殿下個人への気持ちなんて無い。どうやったらこの男が私にハマるのか、それしか考えていなかった。

目の前にいくつかのトランクが置かれる。

「これは殿下からの下賜《かし》品です。──着る機会も無いでしょう。売って金にすれば、平民として暮らすには充分な家と、しばらくの生活費にはなるでしょう」

それは、王宮に通うために用意された私のドレスや靴、宝飾品。

もう二度と着る機会がない、豪奢で、綺麗で、可愛いドレスたち。宝飾品に、華奢な靴。

床に手をついて、私は声にならない叫びをあげた。

どこで間違えたのか？　そんなの、ジュード殿下が食堂に来たのが間違いなのよ！

私はジュード殿下を床に崩れ落ちたまま睨みつけた。殿下はたった一言も話さない、私にかける言葉など持ち合わせていないというように。

こんな、こんな顛末《てんまつ》なんてあんまりだ。確かに目の前を見ているのに、私の視界はどす黒く染まっていくようだった。

私と両親はそのトランクを持って、王都の平民街へと連れられていった。一応、用意された家というのがあるらしい。さすがに、道端に貴族だった人間を放り出すような真似は、陛下にはできなかったようだ。

他に持ち出せるものなんて、とっくの昔に何にもない。返り咲くための身分すら。

◇◇◇

市井の……王都の外縁にある平民が暮らす街の中でも、庭のついた郊外の一軒家は、子爵邸に比べればお粗末だが、働いていた食堂よりはずっと立派に見えた。

「すまない、ミナ。父からの命に背いた君に、私からはこれ以上の補填はできない。君への気持ちは……私の気の迷いだった。これだけあれば一生暮らすのには困らないはずだ。事業を起こすというのなら、身元の保証は私がしよう。……金という形でしか謝意を示せないこと、本当に申し訳ない」

子爵邸では何も言わなかった殿下は、多くの文官や官吏を王宮に帰し、一部の護衛を数人残して、そこで初めて声を出した。

殿下は山のような金貨の入った袋をいくつも机の上に置く。

私のドレスを買った時のように、ジュード殿下の予算から出されるお金だろう。陛下が、勅命に背いた私にお金など出すはずがない。

馬鹿な男。私に騙されていたとも知らずに。私も馬鹿だわ、これ以上ない上玉ではあったけれど、こんなに面倒臭い身分の男だと知らずに擦り寄って。

殿下と結婚できないこと自体はどうでもいいの。むしろこんな金をもらえるならその方が得なくらい。でも、身分を奪われるというなら話が違うわ。分かります？　私はもう、貴族の妻になれない。どんなによくても大きい商家に嫁ぐしかない。

こんな金、両親に隠して持っているわけにもいかない。金を持って出て行ってもいいかもしれない、もうあんな両親うんざりだし！

「……殿下のお心に感謝します。お見送りしますね、殿下」

私はあえて文句は言わなかった。

もうそんな気力すら残っていない。爵位を剥奪されるという絶望は、貴族という身分に辛うじてしがみついて生きて来た私を、呆気なく崖から突き落とすのに十分だった。

この国には殿下しか王子が居ない。私から全てを取り上げたこの男は、私が貴族ではいられない国の、いずれ国王になる。そんな国で生きていくなんて、そんな人生、耐えられるわけがない。

用意された、庭もあって、部屋もいくつかあって、これでもかなりいい方の平民の家。

この家と同じかそれ以上の値段のドレスを着て歩いているのが貴族だ……その家の入口まで殿下と護衛を送り、私は涙を目にいっぱいに溜めた。

「さようなら、殿下」

「ミナ！」

心からのさようならを告げて、私はスカートに隠していた包丁で、せめて一生私のことを忘れられないように自らの喉を掻っ切ってやろうとした。

殿下は叫ぶのと同時に、私と殿下の間に立っていた護衛を突き飛ばして、包丁の刃を素手で握り潰していた。……血の一滴も垂らさずに、刃を、文字通り紙でも握り潰すように。

「は……？」

「こんな化け物とでは、ミナも結婚したくないだろう。いずれ、婚約の後に話そうと思っていた、私の頑健の神の加護のことは」

包丁の刃がぐにゃりとひしゃげている。カランと落ちた包丁だったものを離した殿下の手には、一筋の傷すらついていない。

どんなに鍛えていても、金属の手甲でも着けていなければ刃がひしゃげるなんてありえない。素手でこんな真似ができるなんて、一体どんな仕組みかも分からない。

「ば、ばけもの！」

私は目の前の現実離れした出来事に、反射的に叫んでしまった。

「そうだ。――これを口外することは許さない。まさか、国の王太子の前で自害しようとして包丁を握り潰された、などと吹聴《ふいちょう》することもないだろう。ミナ、これで君には一生監視がつく。私の加護のことは一部の上級貴族以外には機密事項なんだ……今起こったことは、この場にいる者のみの話に留めよう。でなければ……残念だが、君は王と王太子の命に背いたとして、死罪を免れない」

「……は、ありえない……ほんとに、ありえない！　最悪だわ……！」

人は絶望が過ぎると笑ってしまうものなのだろうか。それとも、目の前で起きた非現実的な出来事と、死罪の言葉に気がくるってしまったのだろうか。

恐怖からのいびつな笑いを堪えられず、ありえないと吐き捨てながら私は床にしゃがんだ。

なんて厄介な奴に粉をかけてしまったんだろう。ひどい、こんなのない。

私の人生ってなんなのよ！　馬鹿な両親のせいで苦労して、馬鹿な男に振り回されて、拠《よ》り所にしていた身分まで失って、その上自害はできない、監視もつく。

こんなひどい出来事を、口にしたら罰せられて死ぬ？　自分の命すら、自分の自由にできないなんて。

親もろくでもなければ、落とした男もろくでもない！　全部私のせいじゃないのに！

私のせいなことなんて、ひとっつもないのに!!

私は悪くない、私は悪くない、私は悪くない、私は、悪く、ない!!

「う、うう、う……‼」
床に蹲《うずくま》って泣いている私に、殿下は、さようなら、と言って去って行った。
私は何も悪くないのに、……今はとにかく、あの金を持って逃げよう。
もう、両親なんて知らない。男だって、絶対に私が手玉に取る。
二度と失敗しない。
酷い……酷い茶番に巻き込まれた。あの山のような金貨を得るための、茶番。
なんて安いのかしら、私の人生って。
私は何も悪くないのに。

12 踏み出す、一歩 ―ルーニア―

翌日、迎えの馬車がきた。ついでに修理業者も。

涙ながらに私を見送る両親に、またすぐ会えるわと笑って告げて、私は馬車に乗り込んだ。

と、馬車の座席の上に、私の好きなミモザの花束がある。向かいの席には殿下が座っていて、照れ臭そうに横を向いていた。

格好をつけた態度というやつだろうか。可愛らしいやり方に、私は花束を膝に乗せて席に座った。

「……今日から、元通りですね」

「いや……もう一発雷を喰《く》らわなければいけない」

「あぁ……そうですね。殿下、怒ってくれたり、先を示してくれる方がいるのって、幸せですね」

「……私もそう思う」

帰ったら、殿下は必ず雷を落とされるだろう。陛下に。

でも、陛下のそれは殿下への愛情だ。怒ってくれる人がいるのも、私の両親のように選ばせてくれるのも。

私たち、かなり幸せなんだな。加護なんて厄介なもののせいで、私たちの世界も視野も狭いことがわかったけど。

18歳って成人だけど、まだまだ子供だ。これから、色々と恥ずかしいことも経験して、それで大人になるんだろう。

あぁ、一個確認しなければいけないことがあった。

「ジュード殿下。一つ確認があるんですけど」

「なんだ？」

「あのミナという子と、接吻《せっぷん》はしましたか？」

「せっ……!? そんな、破廉恥なことをするはずがないだろう!?」

殿下は顔を真っ赤にして身をのけぞらせている。これはしてない、と確信するには値するが、逆にキスをそこまで大袈裟《おおげさ》に捉える所はもしかして情操教育に失敗してないだろうか。

私たちはまだまだ失敗しそうですね、殿下。思わずクスクスと笑ってしまった。

それから暫く、笑われたのが恥ずかしかったのか、殿下は口を利いてくれなかった。

しない。

私も態度で示さないと。

「殿下、少し詰めてください」

王宮の馬車は広いが、向き合って座ることの多い私たちは、わざわざ端に寄ったりは
しない。

無言のままだったが、殿下は不思議そうにしながらドア側に寄ると、私はミモザの花
束を座席に置いて隣に移った。

そっと殿下の腕に、自分の腕を絡める。

また赤くなった殿下が慌てるのを見ながら、片手をそっと指を絡めて握り、顔を見上
げてみた。愛嬌や愛想は……これからもう少し真剣に練習しようと思うけれど。

「ドキドキ、しますか……？」

「ル、ルーニア……!?」

どちらかといえば驚いているような声で名前を呼ばれて、失敗したかと思って離れよ
うかと思ったが、握った手をしっかりと握り返されて、離れようがなかった。

「ジュード殿下？」

「……ドキドキしているから、こうしていてくれ」

不思議そうに見上げると、切実な表情で私を見下ろした殿下がそう告げる。

はい、と言って肩に頭を凭《もた》せ掛ける。こんなにくっついたのは、初めてのことだった

けれど、うまくいったのだろうか。

ただ、私も殿下も、心臓の音が煩いことだけは確かだ。

城につくまで、その心音の心地よさと馬車の揺れに身を任せてみようかと思ったが、殿下をときめかせたミナ様の手法はもっと大胆だったのかも、と思うと足りない気もする。

何せ、婚約破棄まで言い出させたのだ。

(もう少し……大胆な方がいいのかしら……)

私は難しい顔で考え込み、恥ずかしさを堪えて飲み込むと、殿下を見上げた。

心地よさそうに私を眺めていた殿下と目が合う。

もう一歩、踏み出してみようか躊躇《ためら》う。躊躇うが、踏み出さなければ、せっかくあれだけ自分に可愛げがなかったと反省した意味もない気がする。

ここはまだ城ではないし、御者から私たちの姿は見えない。

馬車の中を覗き込めるようにもなっていないし、そもそも覗き込むような不躾《ぶしつけ》な人は貴族街にはいない。

城についてからは人目がある。もう、ここしかチャンスがない気がする。

私は思い切って背筋を伸ばし、組んだままの腕をそっと引いて殿下の頬にそっと唇を押し付けた。

「ル……!?」

「……ちょっと、はしたなかったでしょうか」

流石《さすが》に恥ずかしさが勝った。私の方が目を逸《そ》らして、口元を片手で押さえている。

殿下も唇が当たった場所に触れるよう口元を反対の手で隠した。が、お互いに握った手は離さない。

さっきよりも心臓はうるさいが、これはどちらかといえば空回って恥ずかしい、の心臓のうるささだ。先ほどのような心地よさは感じない。

居心地が悪くて居住まいを正すと、小さな声で殿下が呟いた。

「その……今度は私から、する」

顔から火が出るかと思うほど、一気に血がのぼったのが自覚できた。表情筋がどうとかではない。もはや、顔色で全て分かられてしまう。

(あぁでも……)

とっくの昔から、私も殿下も、お互いのことは誰よりも分かるようになっていたし、今更真っ赤になろうが真っ青になろうがあまり関係ないかもしれない。

分かりすぎるから、近すぎるから、当たり前になったから。今回の騒動の原因はそこに尽きるのだろうし、騒動になったからこそ、そこを忘れないでこの先はやっていける気がする。

とりあえずは恥ずかしい会話に着地したものの、それに、はい、と答えるべきなのか、そうじゃないのかは考えものだった。でも、想像したら嫌ではなかったので。

「おねがい、します」

消え入りそうな声でそれだけ答える。それで精いっぱいで、それはちらっとぬすみ見た殿下も同じようで、私たちは今度こそ、沈黙したまま馬車に揺られた。

手は、離しはしなかったけれど。

◇◇◇

城の入り口にはヴィンセント様がいて、彼は私と殿下が手を繋いで馬車を降りるのを見て苦笑いを零した。

私としてもとても気まずいが、これが私の素直な気持ちだから、ヴィンセント様には受け止めて欲しい。それが、すぐでなくてもいいから。

「もっと仲が悪そうに帰ってきたら、ルーニア様を連れて逃げようかと思ったんだけどなぁ……」

「ヴィンセント」

殿下の声が窘めるようなものになる。

「仲直りしてよかった。ジュード殿下、二度とあんな馬鹿な悩みを僕に相談しに来ないでください」

「しかし、私には友人が少ない」

胸を張ってそれを堂々と言うのもどうかと思う。それはヴィンセント様も同じ感想だったようで、目を丸くしてから、敵《かな》わないなとばかりに肩を揺らして笑った。

「ルーニア様も、いつでも僕が逃がしてあげますから、嫌になったら言ってください」

「お気持ち痛み入ります」

「ルーニア!?」

私が丁寧にお礼を告げたことに驚いた殿下が、振り返った顔が面白くて、思わず小さく笑った。

「ですが、私には殿下が必要ですし、殿下にも私が必要なので、ご心配なく。でも、久しぶりにヴィンセント様やリュークと話せたのは楽しかったので、近々四人でお茶でもしましょう」

両手を広げたヴィンセント様が肩を竦《すく》めて「ごちそうさま」と呟くと、そのお茶会には必ず参加します、と言って執務に戻っていった。

心配してくれていたらしい。

「……友人とは、いいものだな」

「そうですね。――婚約者も、悪くないと思いますよ」

外の風に当たって頬の熱気が冷めた私が付け加えると、握ったままの手を引いて、殿下が私を引き寄せる。

自分から一歩踏み出したものの、今日はやけに距離が近くて困ってしまう。ミモザの花束がつぶれないように抱えながら腕の中に収めると、陛下の執務室に行く前に少しだけ話そうと、城に入ってすぐのサロンへと向かった。

侍女が慌ててお茶の用意をと申し出てくれたが、すぐ終わる話だから必要ない、と殿下が断った。

ミナ様の話だろうか。そういえば、私も一つ殿下にお話したいことがある。

小さめのサロンに入り、部屋に二人きりになった殿下と私は、あの日とは違って並んでソファに座った。

たった数日離れただけで、一度くっついてしまったらなんだか離れがたくなってしまったのだ。殿下も一緒なのだろう。

「ミナは……婚約破棄の申し出について、自分の両親に話してしまった」

それを言ったら、私もヴィンセント様に誘導されるまま答えてしまったので、同罪かもしれない。

顔色が悪くなる私を見た殿下が、大丈夫、と頭を撫でてくれた。

「秘密は漏《も》れるものだ。特に、一人で抱えるものでないのなら、どこからかは必ず……」

それも、そうかもしれない。何があるか分からないし、誰が聞いているか分からない。

「誰に、どのようにしてその秘密が漏れたのか、その秘密を聞いた相手がどう処理をするのか……そこが肝心だ。公然の秘密と言うのかな……、私もヴィンセントに相談はしたし、君もヴィンセントには話した。宰相もリュークには手を回したようだった。ミナは……話す相手を間違えてしまった。彼女の両親は、秘密、というものが理解できない人たちで、ミナもそれを見抜けなかった」

少し遠い目をしてジュード殿下はミナ様のことを話す。その後は、ミナ様の今後のことを話した。貴族の位を失ったことと、一生監視がつくこと。何をしたのかは言われなかったが、一生監視がつく、ということは、それ相応のことをやらかしたようだ。

「私は剣も執務もそうだが、人を見る目を磨くことにする。だが、一番大事な……婚約者や友人、家族には、恵まれていると実感できた」

「私も、そう感じています」

「家族のようにしか思えないのではなく……、家族として、これから一生を共にして欲しい」

ジュード殿下が両手で私の手を包んで告げた言葉に、私は自然と微笑みを返した。

「はい。私からもお願いします。一生を共にする、家族になりましょう」

「――今回の件で、婚姻《こんいん》はもう暫く延びそうだが」

苦虫を噛み潰したような顔でそんなことを言うものだから、可笑《おか》しくなって今度は肩を揺らして笑ってしまう。

「大丈夫です。一生を共にするのに、関係性の名前は然程《さほど》重要ではありませんから」

私の言葉に、ジュード殿下が肩の力を抜いて笑う。

前よりも、近づいたような気がする。だからこそ見えてくる、お互いにもちゃんと、秘密や他の人との関係があることが。

「そういえば……、こんなものを作りました」

私は首元の華奢な鎖を手繰《たぐ》り寄せて、小さな銀細工に嵌《はま》った、ペリドットのペンダントトップを見せた。

「殿下の瞳の色と一緒だなと思って買った物です。……殿下、私は思ったよりも貴方が好きなようですので、どうかもう、二度と婚約破棄だなんて言わないでくださいね」

身を乗り出して告げた私に、殿下の方が赤くなっている。

どこまでも初心《うぶ》な方だ。一日、殿下が待っていてくれと言った間にペンダントにしたけれど、この反応だけでも幸せだと思える。

私は自分の心にもかなり鈍感で、殿下の心にも……ヴィンセント様の心にも鈍感だったけれど、今日からは一歩踏み出していける気がする。

13

婚約破棄の破棄

ルーニア

陛下の執務室に揃って行くと、陛下と宰相閣下、そして私と殿下の四人だけの空間で、陛下は私が戻ったことに安堵の息を吐いた。

思えば、婚約破棄はそもそも認められていない。陛下にも宰相閣下にも殿下や私の心や状況はお見通しだった。

私は眠れないだろうという理由で殿下が保《も》たなくなると思って、それを了承した。

陛下も宰相閣下も、私よりも深いところでお見通しだったようだ。やっぱりまだまだ、私は子供だ。ちょっといいように操られた気もする。でも、いい経験になった。

「で、どのツラ下げてルーニアに許してもらった？」

「はい。エントランスに穴が開くほど土下座をして、……日常に戻ってくれることになりました」

陛下がゲホゲホとむせる。そうだよね、エントランスに穴を開ける土下座で仲直りする婚約者なんて、きっとこの世に一組だけだろう。

「……ルーニアはそれでいいのか？」

「はい。一生根に持っていいそうなので、そうすることにしました」

またむせている。気管支でも悪くされたのかな？

宰相閣下が水を差し出している間に、私と殿下が顔を見合わせて笑ったので、陛下も納得したようで。

婚約破棄の話はそもそもここで止まっていたので、無事なかったことに。

そして殿下を残し、宰相閣下とともに部屋の外に出たら、陛下の怒号が部屋の外まで響いてきた。

暫くは怒られるだろうけど、殿下にはきっとそれも愛情だと受け止められるくらいには陛下のことを理解している。

「そういえば、宰相閣下」

「なんでしょうか、ルーニア様」

「今後、リュークを使って私の気持ちを殿下に先に伝えるのは、緊急事態の時だけにしてくださいね。またエントランスに穴を開けられてはたまりませんので」

今回は正直、宰相閣下に助けられた。私も殿下もまだまだ喧嘩が下手だから、また周りの人を巻き込むかもしれない。

でも、いちいち友達伝手《づて》に許した、許してない、と伝えてからどう対策するかを考えられては、それは結果から逆算した行動になる。そういう真似は、あまり良くないように思ったので、仕方なかったとは思うけれど宰相閣下にはつとめて毅然として見えるような態度を装ってお願いしておく。

「……心に刻んでおきます」

「王室のことですから、私たち二人の問題で済むことではないのは理解しています。宰相閣下も胃が痛かったでしょう」

「ルーニア様。私に安寧の加護を使うのはおやめください。胃痛も頭痛もなくなりましたが、まだ公務が残っています。ちょっと昼寝がしたくなったじゃないですか」

「殿下への雷はあと小一時間は続きますよ。宰相閣下も、少しお休みになられたらよいかと」

私はそう言って、一礼をすると部屋に戻った。部屋の中で待ち構えていた侍女たちに、ただいま、と言ってから、用意のお菓子を渡した。部屋付きの侍女で分けてね、と言って、繋ぎ部屋になっているドアに手をかけて中を覗き込む。

私の部屋と殿下の部屋の間に、それぞれの部屋から入れる広いベッドルームがある。本当に、部屋ほど広いような特注のベッドで、五人は並んで眠れるんじゃないだろうか。部屋がまるごとベッドのような造りだ。

また今日から、この部屋で眠るのか、と思って、私は侍女に、寝室にミモザの花束を飾ってとお願いした。

◇◇◇

その日、ジュード殿下と久しぶりに寝室で再会した。

王宮で手ぐすね引いて待っていた侍女たちに、ぴかぴかつやつやに磨き上げられた私とは対照的に、殿下は雷を落とされてぐったりしている。

ベッドサイドに花束を飾っているのを見られて照れ臭くなって笑う私に、殿下も微笑み返してくれた。

この人なら大丈夫。間違えること、変わること、今後もたくさんあるけど。

「殿下、今日は手を繋いで寝てもいいですか？」

「手を……？　あ、あぁ、かまわない」

私はもっと可愛く、素直になろうと思う。見た目ではなく、行動、言葉、そういった部分での距離を詰めていきたい。

尊敬と愛情だけじゃなく、恥ずかしいことも、この人になら見せられるように。

そして、見せてもらえるように。

お互いベッドの端と端から入ると、子供の時以来の近さで横になり、私と殿下は手を繋いだ。

今日、自分からくっついてみてから、こうして触れていることに安心感を覚える。

ヴィンセント様に指先に触れられた時には、反射的に離してしまったけれど、殿下の手を握るのは、私は好き。殿下も、私以外の女性に触れられたとしても、もう嫌だと思って欲しいけれど……そこは、どうかな。分からない。

私には安寧の神の加護があるから男性に守ってもらわないといけない局面に立つことはほとんどない。それでも、この大きくて男らしい手が、私のことを守ってくれる手だと確信できた。胸の奥に自分だけじゃなく、この人がいる、という安心感。

殿下はどう思っているかな。こんな私を、はしたないとか思わないかな。

そう思って横目で殿下を見たら、じっと私の顔を凝視していた。思わず顔が赤くなる。

「で、殿下、何故見て……」

「いや、ルーニアはこうも美しいのに、私は何故それを気にも留めていなかったのかと自分で不思議に思っているところだ。……何故、つねる？」

照れくささから、握った手の皮膚をぎゅっとつねった。薄暗い寝室の中で私の赤い顔も見えているだろうに、何て鈍感なのだろう。

それに、女性の口説き方もなっていない。やっぱり少しはヴィンセント様を見習ってほしい。あの方は、しつこさはないのに、何か予感させるような物言いがとてもうまかった。

ただ、私がそれを嬉しいとは思えなかっただけで。

「そういうことは黙っておいてください。気にも留めていなかった、のところです。失礼ですよ」

「それは、そうだな。すまない。……だが、本当に綺麗だな」

寝室は寝るだけの場所なので、常に薄暗くなっている。そんな頼りない灯の中で、少し積極的になってみようと手を繋いでみたら、これだ。

殿下の頑健の加護は目にはかかってないのではないだろうか？　このくらい距離が近くないと、女の顔が見分けられないとかだったらどうしよう。

「ジュード殿下」

「うん？」

恥ずかしいけれど、こちらからも顔を向けて殿下を見る。優しくて、頼れる男性だと思う。少し……かなり初心で、騙されやすいけれど、それも優しさからくるのだろう。

私のことを想って胸が張り裂けそうになったと言っていたな。私に、許してはだめだと。

根に持っていいみたいだし、私もヴィンセント様と出掛けたことを根に持たれよう。

それってたぶん、思い出、って名前がつくと思うから。

「次、浮気したら戻りませんから」

でも、これだけは、言っておかないと。

失敗も恥ずかしいこともお互いたくさんするだろうし、殿下も歌手にハマったりするかもしれない。それくらいなら……ちょっと態度で示してくれたら許そう。逆も一緒、私にだって何が起こるかわからない。

だけど、婚約破棄も、他に女性をつくるのも、もう許さない。根に持つだけじゃ済まない。今度こそ陛下を説得して、両親と一緒に国を出てやろう。

「わかっている。一生を共に過ごそう。ルーニアと離れることも、離れられるようなこともしないと、私も誓った」

「何にです？」

「私自身に。……その時、私がそんな愚かな間違いを繰り返すようなら……自ら廃嫡されて地下牢に籠る。跡取りはどうとでもなるからな」

陛下のお子は殿下だけで、今の王位継承権は殿下のみが持ち、王太子だけれど、その後陛下が後妻をとらなかったのは陛下自身には兄弟がいて、お子がいるからだ。

王家の血が絶えることは、殿下がいなくても、ないようになっている。

でも、きっとそうはならない。私も殿下も、この国を離れることも、お互いに離れるともない。そんな予感がする。

あの日の不安になるような虫の知らせではなく、未来に向かって光が差すような、眠る前なのに心が躍るような予感が、胸に満ちていた。

「いい国にしていけるように、私たちも頑張りましょうね」

「あぁ、ルーニアがいてくれるなら。……おやすみ、ルーニア。また明日」

「はい、殿下。また明日。おやすみなさい」

私たちは久しぶりなような、そうでもないような挨拶を交わして、その日、ぐっすりと眠った。

明日からは、また日常が始まる。

起きたら、にっこりと笑って、おはようと言ってみよう。

新しい、何も変わらない、いえ、少しだけ変化した日常にするために。

エピローグ

加護持ちの愛し子たち 〔運命の神〕

真実を告げる時にしか、私は姿も声も言葉も表に出すことができない。

普段は曖昧に、まるで空気か時間か、例えるのが難しいが、いるかいないかもわからないような存在だと思われがちだが、どんな時空にいる時も独立した「自己」を保っている。過去と未来、現在に遍く存在している。

時々、私も加護を授けることがある。

今、目の前で痴話《ちわ》喧嘩をしている安寧の神と頑健の神が形を持つよりもずっと昔から、私は存在していて、時に人間に未来を予見する能力を与えたり、過去に戻ってやり直させる力を与えたりもした。今よりも、もっと私たち神という存在と、人という存在が近しかった頃の話だ。

加護、というよりも、能力の一部を授けたと言った方がいいだろう。今では、そんな力を与えたところで信じる人間は少ない。だから、ごくたまに、本当に『人類』が危うい時に、一時的に加護を与えるのにとどめている。

さて、そんな私が仲裁に入ったのは、ある国の王子が頑健の加護の為に精神に異常を来たしそうになっているからだ。

この国は並みいる強国に挟まれながら、いや、挟まれているからこそ、各国をけん制して戦争にならないよううまく立ち回っている。

その国が立ち行かなくなる事態というのは、すなわち『人類』に影響がある人災が起こる未来に繋がってしまう。私は、それは避けたい。

実際に避けるための手がある。頑健の神の加護で眠れない赤子の王子に対して、運命の番《つがい》とも言える女の子が今、まさに生まれようとしている。

安寧の加護をその女の子に授ければ、この人災は避けられる。安寧の神と頑健の神が夫婦でいるように、この二人はどの道、加護がなくとも一緒になる運命だった。

皮肉なことだが『人類』に危機が及びそうな時でなければ、私はここまではっきりと明確に、姿と声、言葉を表に出すことができない。それは他の神々も知らないことだ。

私という存在の曖昧さが、それを告げることを許されない。

告げてしまえば、その未来が確定してしまうからだ。

だから、防げる危機を防ぐために安寧の神に真実を『選んで』告げる。

「あの子は、加護があろうとなかろうと、あの王子の番になりますよ」

「……加護がなくてもぉ？　生まれたての赤子の時点で気が狂いそうになって泣いている王子が、まともに育つとは思えない。そんな王子と、加護がなくても、番になる？　正気で言ってるんだろうね」

安寧の神が胡散臭《うさんくさ》そうに私を睨みつけるが、私は未来を確定させることは口にできない。やんわりと説得を試みた。

もちろん、真実しか述べられない、という制約を守って。

「この人のそばだけは安心できる、この人のそばだけは気を緩められる。そういう相手ですよ、彼らは」

「……本当だね？」

「別に、加護を与えなくてもいいと思うくらいには」

「加護があればどうなる？」

「少しだけ、出会いやすく、生きやすくなります。ただ、加護のせいで、多少苦労もするでしょうけれど。それは人間誰でもそうでしょう」

下界の人間は私たちの加護によって守られている。下界の人間の信仰によって、私たちは存在できる。等しく大事な存在だ。それが例え、運命の神という、今では胡散臭く怪しいと思われる神であっても、過去、私は人ともっと近しくあったからこそ、こんなところで途絶えて欲しくはない。滅びて欲しくないと思う。

その子たちが生きやすくなるのなら、加護のせいでなく結ばれる運命なのなら、と安寧の神は小さく呟いた。

「運命の。その言葉、嘘だったら一生起きれないようにしてやるからね」

「あはは、私が嘘をついたら存在が消えますよ。なんせ、運命なんて不確かな物に形が与えられた物ですから。私の曖昧さはご存知でしょうに」

そう、私はひどく曖昧で『なければならない』。

人が自分たちで運命を切り開いて生きていく、連綿と歴史を紡いでいく、それをほんの少し助けるためだけの存在で、あまりにも信奉されても、忌避《きひ》されても存在していられない。

私が消えれば、人は本当に自分たちの足で未来を選んで進んでいくようになるだろう。けれど、その道が決して滅亡に向かっていないとは言い切れない。存在していたい、その滅亡という運命だけは、私がこうしてうまく立ち回り、回避したい。

どんなに存在が曖昧で、信じられなくなってきているとしても。昔より、人との繋がりが薄くなったとしても、私は人類が好きだ。人が、好きだ。

安寧の神は、私という運命の神が姿と声をもって現れたこと、そして彼の在り様から、それを信じた。

それから、私はこの運命によって強い加護を持った子供たちの、さらに子供に、少しだけ私の加護を与えることにした。

そう、少しだけ。今はまだ影も形もない子供、しかし、人の時間で20年もしないうちに生まれるだろう二人の子供に、両親の加護を少しずつ引き継がせることを決め、私の予知の加護を授けた。

強い加護を持った両親の治める国の次代が、何の加護も持っていなければ、これもまた滅亡に一歩近付いてしまう。

私は人類が好きだ。だから、長く平和でいて欲しい。少し先の未来へと飛んで、安寧の加護を持った王太子妃と、頑健の神の加護を持った王太子の子供に、私の運命を手繰る力で加護を引き継がせ、予知の力を与えて、この両親に恥じない子供になるように祈った。

存在が曖昧になっていく。私が加護を与えたことで、未来は不確定になった。

薄れていく存在と自我の中で、人の世が永劫であれ、と祈って、私はまた何か曖昧なものとして何かに溶け込むように消えた。

番外編 1

愛すべき幼馴染たち ―リューク―

「いーやーだ！　俺は王宮になんて行かねーよ！」

喚《わめ》く俺の襟首を巨大な石のような手でぐいと持ち上げたのは、今年50を数える爺《じい》さんだ。

元は一兵卒だったが、武勲を立てて叙爵され、騎士爵と同時に男爵の位と、小さな領地を得た。

領地経営なんてものは出来やしないから、税金から得られる収入で管理官を雇い、自分は王都の貴族街の端に小さな屋敷を構えて、王宮に通って兵に訓練をつけている。

同い年の王太子の剣の稽古相手をするために、俺は王宮に呼ばれている。やっぱり背丈や力が同じ位の相手とも打ち合わないと、変な癖がつくらしい。

父親も騎士として王宮に勤めているし、自分も剣は好きだ。好きだが、それと王宮という場所は別に結びつきはしない。

むしろ、王宮は嫌な場所だ。

こそこそひそひそとこっちの陰口を叩《たた》き、馬鹿にしてくる。貴族だけじゃない、侍女たちや使用人たちもそうだ。なんで馬鹿にされる場所に行かなきゃいけないんだ、と本当に思う。

今まで一度しか行ったことがない。まずどんな場所か見るのが先だ、とかで連れて行かれたが、その時の嫌な気持ちを、何に、誰に、ぶつけていいのか分からなかった。

だって、爺さんは恥ずかしいことをして叙爵されたわけじゃない。男爵になったのだって、それだけ国に貢献して、国を守ったからだ。

なのに、成り上がりだ、小さな領地もまともに管理できない、と笑われるのが悔しかった。

王宮でも兵舎の中だけならまだいい。あそこでは、爺さんも俺も馬鹿にされたりはしない。だけれど、俺はまだ10歳にもなっていないから兵舎の訓練には混ざれない。

王宮に相応《ふさわ》しい服、と言って動きやすいけれど刺繍《ししゅう》の施された重たい服を侍女に着せられ、爺さんに猫のように掴まれて、馬車に放り込まれる。

「お前もなぁ、俺と打ち合って……というか、俺に打たれてばかりじゃあ、自信を無くして剣が嫌になっちまうぞ？」

「そんなことない！　ちゃんと避けられたり、惜しいところまで打ち込めるようになったって自分で分かる！」

呆れたような爺さんの言葉に、動き出してしまった馬車の中で喚き返す。

爺さんは、でかい。普通の人に比べても、背丈も肩幅も、体格全てが大きい。拳だって、俺の指先から肘まであるんじゃないかと思うくらいにでかい。

武勲を立てたくらいだから剣の扱いは一流。技も力も素早さも兼ね備えて、木剣で俺の相手をしてくれる。

爺さんが王宮に行く時には、俺は一人で素振りや、ぶら下げた木の枝を避けたり弾いたりして訓練していた。体力をつけるために走り込みもするけれど、あまり筋肉はつけるな、と爺さんに言われたので、変に筋肉がつくような運動はしなかった。その代わり、使用人に交じって厩の掃除や荷運びを手伝ったりもした。

子供にしては力があるな、と褒められるが、早く大人になりたかった。

この体格じゃあ爺さんには勝てないし、王宮の兵舎の兵にも勝てないだろう。素早さでかく乱する、というのも、今の俺には難しい。技術だって、そんな簡単に身に付くものじゃない。

爺さんとの訓練はそういう意味でも有意義だし、王宮に行くと言われると寂しい気持ちになった。王宮にさえ行かなければ爺さんは俺の相手をしてくれるのに、と。

そうして、同い年の王太子が剣を学び始めたから、その練習相手として俺が呼ばれることになった。

背丈は同じくらいで、剣は始めたばかりだという。そんなの、打ちのめしてしまうに決まっている。

「……王太子のこと、剣で打ちのめしたら、また陰口言われるんだろ」

「陰口なんか気にしてたのか？　馬鹿が、そんなもんで心を乱されるんじゃない。戦場には心理戦というのもあって……まぁそれはいい。それはいいが、指名してきたのは王太子本人だぞ」

「え？」

それは、初めて聞いた。

貴族の上の王族の人間が、成り上がりの男爵、碌《ろく》に領地経営もできない下位貴族の孫を指名してくるなんて、と俺は目を真ん丸に見開いた。

陰口を言う奴らの上に立っている奴なんて、嫌な奴に決まっていると思ったのに、その嫌な奴の指名だって？

「なぁ……それ、俺は黙って打たれてなきゃいけないのか？」

「それじゃあ手合わせにならんだろ。それに、王太子を打ってもお前は何も罪を問われることはない。そもそも、お前は王太子をいくら打ったとしても青あざすら作らせることができないから安心しろ」

剣を始めたばかりなのに、剣で打たれても青あざもできない？

疑問ばかりが頭の中を占めるが、とにかく、王太子は俺と手合わせをすることを望んでいて、その手合わせでは俺は遠慮しなくていいらしい。それは理解できた。

「青あざも付けることができないって……そんなに剣の才能があるのか？」

「いんや？　最近握り方を覚えて素振りだ型だを覚えたばかりだ。お前みたいな英才教育ってやつを受けてるのは、この街じゃお前くらいだぞ」

英才教育、というよりも、物心がついた頃から爺さんの真似をしていて、変な癖がつかないようにと父親と爺さんに教わっているだけだ。剣が好き、いつか騎士になって、俺も自分で武勲を立てたい。

誰にも馬鹿にされないような男になりたい。

それが目標で、今の所、その目標は遥《はる》か遠くに見える。

「……本当に俺が相手でいいのかよ？　背格好が同じ位だっていってもよ……一方的に滅多打ちにする趣味はねぇんだよ、俺は」

「したこともない癖に何一丁前言ってやがる」

大きな掌《てのひら》がわしわしと俺の短く刈った赤髪をなでる。

爺さんも赤毛をわさっと伸ばし、赤い髭《ひげ》も長いが、それがますます体を大きく見せている気がする。

他国では赤毛は馬鹿にされることが多いと聞くが、俺はそのせいで馬鹿にされたことはない。

爺さんの逸話《いつわ》は面白い。父親から寝る前に聞かされることが多いが、戦場の返り血で赤く染まった毛がそのまま血筋として引き継がれているとか、この赤毛で赤鬼と呼ばれて敵に恐れられたとか。

それが国内にも知れ渡って、下手に赤髪をからかう習慣がなくなったんだそうだ。それだけでも凄《すご》い。

ただ、それだけやっかみの対象にもなっているという。父親は爺さんのように泰然としている訳でも、俺のように見返してやるという訳でもなく、買わなくていいものは買わないようにしている、と訳の分からないことを言っていた。

それでも騎士として騎士爵に、大きな戦《いくさ》も無いのに叙勲されている。どんな小競《こぜ》り合いでも、王宮のお貴族様が嫌がるような仕事でも、率先して熟《こな》して着々と実績を積み上げたと言っていた。それはやっかみの対象にはならないらしい。変な世界だ。

もっと、分かりやすい世界ならいい。剣の腕が強くて、国を思う人間がもっと敬われるような世界ならいいのにと、俺は思ってしまう。

そうすれば剣の練習も、目標も、もっと近くに感じられるのに。

考えているうちに王宮に着いた。

「じゃあ、まぁ、ぶっ倒れるなよ」

「俺が？　素人相手に？　なめるなよ！」

爺さんは意味ありげに笑うと、勝手知ったる兵舎の方へと歩いて行った。

一応は正装ってやつをしている俺に、老齢の執事《しつじ》がご案内します、と頭を下げて来た。

それを見た掃除をしていた下働きの女たちが、バカにしたように俺を見て笑っている。

……下働きの奴の方が、俺を馬鹿にする。王宮っていうのは、本当に変な場所だ。

大人しく頷いてついていくと、演習場に出た。

王族の子息が代々剣の練習を行う場所らしく、怪しい人間は出入りできないようになっているという。

指導者として騎士が一人ついて、俺と同じ年ごろの、茶色の頭の奴が木剣を振っていた。

彼が王太子だろう。他に、演習場の脇にある座れる場所で、パラソルの下に綺麗な女の子と、本を読んでいる銀髪の男の子がいた。

皆、同年代だ。女の子は王太子ばかり見ているし、本を読んでいる男の子は時々隣を見たり、王太子を見ながら、やっぱり本に視線を落としてページをめくっている。

何故こんなところに？　と疑問に思ったが、俺の相手をするのは王太子だ。

連れられてきた俺に気付いたのだろう。指導役の騎士が手を止め、王太子がこちらを見た。

緑の瞳は曇りなく輝いて、まっすぐにこちらを見ている。そして、ぱっと嬉しそうに笑った。

「君がサルパン男爵のお孫さんだね？　よく来てくれた。ジュード・マルクセス。ジュードと呼んでくれ」

「あー……ジュード王太子殿下」

「ジュード」

「ジュード殿下……」

渋々縮めてみたものの、ただでさえ成り上がり男爵と陰口を叩かれているのだ。

俺が言うのもなんだが、いくら王太子だからって、こんな子供が許可したんだと言っても誰も信じないだろう。無礼者の汚名を着るのはこっちなのだから、この辺で譲って欲しい。

悲しそうに眉を下げても駄目だ。これ以上は譲らないぞ、と俺も怖い顔で見合っていると、女の子がやってきて王太子に軽くデコピンした。

驚いたが、彼女はあまり動かない表情で王太子に向かって人差し指を立てている。

「殿下。同じく剣を練習する相手ができたのが嬉しいのは分かりますが、人には体面というものがございます。なんでも親しくすればいいというものではありません。彼の気持ちや立場も考えてください」

この女の子もまだ10歳にもなっていないような背格好だが、やけにはきはきと明確に話す。鼻についたりはしないいし、偉そうでもない。淡々と言って聞かせている感じだ。

そして、王太子の方も言われて初めてはっとしたようだ。

「それもそうだ。すまなかった。えぇと……あぁ！　彼女は僕の婚約者のルーニア・ウェル伯爵令嬢。隣に居るのが、宰相……えぇと、ヴィンセント・ボルタ公爵令息。君も改めて自己紹介してくれるかい？」

素直に非を認めて謝り、婚約者ともう一人のヴィンセント坊ちゃんも紹介してくれる。

あまりに素直な性質に、俺は驚きっぱなしだった。

紹介された二人も、少し微笑んでこっちを見ている。これがこの王太子の当たり前なのだとしたら、なんともまぁ随分とお人好しな王太子様だ。

俺が王宮でどう言われているかなんて気にしてないのか、それとも、分かっていて仲良くしようとしているのかは知らないが……。

「俺はリューク・サルパン。爺さんが男爵になったから貴族、らしい。ま、同じお貴族様方からはあんまりよくは思われてないけどな」

お前たち王族の貴族への躾《しつけ》が悪いんじゃないか、という嫌味が入ってしまったのは申し訳ないと思うが、これから剣で滅多打ちにする相手にしっかり言っておかないと、俺が変なところで釘を刺されることになりかねない。

そういうのは困る、という意味で言ったが、先に知り合いだった三人の子供は顔を見合わせると、うんと俺に向かって頷いた。

「ここには、他に誰も来ません。一応、貴方が倒れた時の為に指導の彼には居てもらいますが、馬鹿にするような人は誰も来ません」

「……前代の王の時に、隣国との戦で国境を守り抜いた、赤鬼・サルパンを知らないのは、教養がない貴族や使用人たちばかりだ。僕も、彼女も、もちろんジュード殿下も、君を馬鹿にしない、リューク」

ここに居るのは本当に俺と同年代の子ばかりなのだろうか？　そこら辺を歩いている使用人や、心無い貴族どもより余程大人に見える。

「あー……ルーニアお嬢様と、ヴィンセント坊ちゃん？　でいいですかね」

「私は伯爵家の娘なので、男爵の嫡孫であられるリュークからお嬢様と尊称を使っていただく程でもありません。体面が必要ならば、ルーニア様、位に留めてくださると嬉しいです」

「僕のことは好きに呼んでいい。僕は勝手に、リュークって呼ぶから」

仮にも王太子の婚約者を名前に様を付けただけでいいのか、と思ってジュード殿下を見ると、彼はにこにこと笑って眺めている。

どうやら、友人が一人増えた、と喜んでいるようだった。

俺もたいがい馬鹿にしてくる奴ばかりで友達らしい友達が居なかったから、この不器用ながらも歓迎してくれているだろう、三人を気に入った。

「俺のことはみんなリュークでいいぜ。よろしくな！」

そう言って改めて自己紹介し合うと、王太子がうずうずした様子で木剣を取りに行き、俺に渡してきた。さっそく手合わせをしたいらしい。

そういえば、ルーニア様は俺が倒れた時のために、と言っていたが、剣の経歴で言えば俺の方が長い。体力づくりもだ。

何で俺が倒れるなんて話になるんだ？　と思いながら、剣を受け取る。

「あの、リューク。疲れたら、絶対に、疲れた、と言ってくださいね」

ルーニア様が離れ際にそんなことを言って、ヴィンセント坊ちゃんと一緒にパラソルの下に帰っていく。

さっそく剣を正眼に構えて王太子と向き合った。

そんなに怖い感じはしない。爺さんや父親と向き合っている時のような、気迫とかで負けている感覚は無い。隙だらけだし、どれだけでも打ち込める。逆に、どれだけ打ってきてもいなしたり躱《かわ》したりできる。

「まだ習いはじめたばっかりなんだろう？　とにかく打ち込んできてくれ」

「わかった」

先ほどまでのにこにことした雰囲気ではない。剣を構えると途端に真剣味を増して、彼は一息に距離を詰めると、想像以上に鋭く打ち込んできた。

が、基本の型通りだ。正眼からの真上、からの打ち込みをいなして横に避ける。

王太子もそのまま返す刃《やいば》で下から今度は思い切り剣を振り上げてくる。これは体ごと躱して、がら空きの手を剣の腹で叩いて相手の剣を落とす。

やばい、と思った。うっかり本気で叩いてしまったが、彼は痛がる様子もなく剣を落としただけだ。

普通、よくて青あざ、悪くすれば骨が折れるところだが、王太子は全くもってぴんぴんしている。剣を拾って、低い姿勢から打ち込んでくる。

面白くなってきた。何度剣を躱しては叩き落としても、このジュード殿下の心は折れない。

しかし、それも10分もすれば、おかしいことに気付く。

見え見えの攻撃を躱していなして剣を叩き落としているだけなのに、俺一人が汗だくになり、ジュード殿下は息も切らしていない。何度も叩き落としたのに、手は赤くなることもない。

「……いったい、どうなってやがる……？」

息を乱しながらの俺の問いかけに、ジュード殿下は申し訳なさそうに言った。

「私は頑健の神の加護を受けている。とても強い加護を。怪我もしないし、体力も無尽蔵なんだが、それだけでは練習にならない。リュークが疲れたら休憩を挟むからいつでも言ってくれ」

それじゃあ俺は、この先、この体力無尽蔵でいくら打ち込んでも痛みを感じない相手と延々と演習をするということなのか？

これじゃあまるで、どちらが剣の練習をするのか分かったものじゃない。

なんだかそう考えたら、今いきなり無理をするのも馬鹿らしくなって、休憩！　と言って演習場にそのままばたんと倒れた。

見上げた空が青い。雲が流れて行くのを見ながら、胸を大きく上下させて息を整える。

ルーニア様が、二人分の冷たいお茶を持って近付いてくる。ヴィンセント坊ちゃんも心配そうな顔で駆け寄ってきた。汗をかいたら水分を摂るのは常識だが、ここで汗だくなのは、一番鍛えてきた俺だけ。

もうまったくもってめちゃくちゃだ。

俺のことを見下しもしない。それどころか、気を遣ってくれさえする。

それから俺は、毎日王宮の演習場に、決まった時間に通った。

無尽蔵の体力でめきめき上達していく殿下に、何故剣を学ぶのかと聞いたのは、それから何年後のことだったか……。

その頃にはルーニア様の加護のことも、自分を馬鹿にしている貴族がいるように、ルーニア様を狙う貴族がいることも、知った。

そして、ヴィンセント坊ちゃんの叶《かな》わぬ恋も見ていれば分かったし、父親の言っていた買わなくていいものは買わないという意味も知った。

爺さんは爵位を父親に譲り、王宮の兵舎で兵を鍛える仕事に就いた。

やがて俺たちは成人した。ジュード殿下とルーニア様は王宮で王太子教育に王太子妃教育を受け、執務を行い、ヴィンセント坊ちゃんは文官になってめきめき頭角を現していった。

俺は、最初ヴィンセント坊ちゃんの家の私兵になろうと思っていたが、気が変わった。

国境に近い所に領地を持つ別の公爵家の私兵に志願し、見事騎士として認められ、叙勲されて、領地と王都を往来する日々を送っている。

訓練はきつかったが、王宮には変な幼馴染が三人いる。どんな時でも、俺を馬鹿にしたりしない三人だ。

誰にも馬鹿にされない為には、振る舞いを考えればいい。

俺はある目的を持って騎士になった。

大事な幼馴染三人を守る騎士になる。王都でもいいし、国境沿いでもいい。とにかく、ある程度自由が利いて、それなりに他人の爵位に相乗りして顔も利いて、会おうと思えばいつでも幼馴染の三人に会えるような騎士になった。

今の俺にとって大事なものは、幼馴染の三人だ。なかなか複雑な感情をお互いに抱き合っているようだったし、ひと騒動もあったが、ちゃんと解決してよかった。

こういう時に外に一人いた方がいい。

だから俺は王宮の騎士にもならなかったし、男爵の位をそのうち継いだとしても、公爵家の騎士は辞めないだろう。

三人に凶刃《きょうじん》が届かないように、最前線に立つのが俺。

そして、俺に言葉の刃が届かないようにずっと守り続けて、関係を続けてくれる彼らを守るのが、俺の、今の、一番の目標だ。

その為なら汚れ役もするし、あの三人に隠し事をするような真似もする。

守れるならば、それでいい。

俺の大事な大事な、変な幼馴染たちのいるこの国を守る為なら、今はにんじん頭でも、いずれ赤鬼と呼ばれてもいい。

それでも彼らは、俺を友人として迎えてくれるだろうから。

番外編 2

可愛いって何かしら？ 【ルーニア】

私には、頭の隅の記憶の端っこに閉じ込めた、とてもじゃないが他人に言えない一つの恥ずかしい体験がある。

仲直りした今でも、ジュード殿下に絶対に知られたくない体験だ。なんなら、見た人全員のその部分の記憶だけをどうにか消せないか、今でも時々考えてしまう。

婚約破棄を言い渡された翌日の、教会からの帰り道、私はあるお店の前で足を止めた。ここは貴族街。大きなショウウインドウに飾られたマネキンには、私が着るのと同じようなサイズの服が可愛らしくディスプレイされている。

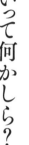

どのように可愛らしいかと言うと、ショウウインドウの壁紙が薄桃色と黄色の花柄で、レースを敷き詰めた出窓の中に、パステルピンクやピーコックグリーン、ライラックのフリルが付いた洋服と、赤いエナメルの靴や、合わせたココアピンクのポシェットが飾られている。

店から出てきた同年代の女性を、連れの男性が褒めている。たしかに可愛らしいが、私とはタイプが違う女性に見える。どちらかといえばミナ様に似ている、可愛らしい顔つきと髪型の女性が、褒められてとても嬉しそうに笑っていた。

落ち着いたデザインを好む私は間違っても進んで身に付けることもなければ、周りからも勧められはしないだろうデザインのドレスだけれど、ミナ様が着ている所を想像したら確かに可愛いかもしれない、と思う。

私は王太子妃教育を受けていたし、顔立ちや髪や瞳の色からして、こういうあからさまに『可愛い』ものとは無縁だ。両親も毎週会いに来て分かっていたからだろう、家にあったのもどれも綺麗めな、シンプルで落ち着いた色合いやデザインの服やドレスばかりで、可愛い、とは形容しがたいものばかりだ。辛うじてレースの襟や透かし袖のブラウスやドレスがあった、ようには思う。

普段から、シンプルではあれど地味ではない、どちらかといえば洗練されたデザインが多く、綺麗な光沢のあるリボンを差し色に使っていたくらい。

髪飾りも、普段は細かな装飾のバレッタ、夜会などでは宝石のついた簪《かんざし》や編み込みをした髪に挿すヘアピンなど、美しさはあれ、派手な髪飾りを身に付けたことはない。

普段から身に付けている自分の服装や装飾品は綺麗だと思うし、自分の趣味にも合っていると思うけれど、このショウウインドウの中にあるものが可愛いものなのだとしたら、私は少し勉強してみてもいいかもしれない。

ドレスというよりは、少しお出かけする時の私服を扱うお店のようなので、ちょっと見るつもりで中に入った。

　店員の制服も侍女の着ているような長い丈のワンピースなのだが、大きなリボンのついたカチューシャや、フリルの大きなエプロン、パフスリーブになっている肩など、機能性よりも可愛らしさを意識してある。

　靴も、黒だがエナメルの光沢があり、つま先が丸く膨らんでいて、この店の店員らしい制服だと思う。

　店内には数人の女性客がいたが、私と同年代の子が多いようだった。しかし、今日の私は白のブラウスに長い落ち着いた赤いスカート、腰に巻いたリボンベルトが少し可愛らしいくらいで、ちょっとこのお店だと浮いてしまう。

「いらっしゃいませ。当店のご利用は初めてですか？」

　そばかすの散った顔が却って愛らしい、茶色の巻き毛をショートカットにしている店員に話しかけられて、私は一瞬ぎくっと止まってしまった。

　服とは、仕立てに来てもらうもので、自分で店に入ったことがなかったのだ。声を掛けられると、緊張して自分で洋服を眺めることもできない。

　かと言って、ざっと店内を見まわしてみた感じ、自分の感性で自分を可愛くする洋服を選ぶのは、ひどく難しいことに思えた。

「え、えぇそうなの。あの、私……可愛く、なれるかしら？」

私の小さな声と問いかけに、そばかすの店員は満面の笑みで「もちろんです！」と元気よく答えてくれた。本当だろうか、と疑ってしまったのは申し訳ないけれど、本当に自分には「可愛い」という物がよく分からない。

「当店では、お洋服や雑貨に合わせたヘアメイクも行っております。家名をお伺いすれば後程請求書を送らせていただくこともできます。まずは、似合うお洋服探しからしてみましょう！」

「お、お願いするわ」

気圧されるばかりだが、彼女は確かに可愛らしい。同年代だろうけれど、幼く見えるわけではない。

私も可愛くなれるかしら、と彼女について行く。私の格好から判断したのか、ショウウインドウに飾られていた洋服よりは少し落ち着いた、それでも可愛らしい服の棚に案内された。

「お嬢様はとても素敵なロングヘアでいらっしゃいます。まずはこの髪を綺麗に巻いて、リボンのカチューシャを付けることを想定しまして……リボンも、瞳と同じ菫色の物ですといいですね。きっとその御髪に似合うと思います。なので～……そうですね、このお洋服はいかがですか？」

髪を巻いて……所謂《いわゆる》縦ロールというものだろうか。やったことは無いが、それが可愛い髪型だというのならやってみようかと思う。

そして、勧められた服も愛らしかった。

パフスリーブの腕の所に繊細なリボンが通してあり、可愛く結ばれていて、袖口に向かって広がっていく。袖には生地と同色のレースが大きくついていて、スリットが入った袖の下は白い生地のフリルで覆われていた。

着丈は短めで、体に沿うラインではなく、服全体もふんわりと広がっていくような形だ。

生地は柔らかいパステルグリーンに、胸元からウエストまでの前をパステルカラーの小花柄の生地が占めている。小花柄の上をパステルグリーンのリボンが交差して胸元で大きく結ばれていて、デコルテは少し出るが、可愛らしい服だと思う。

「……似合うかしら？」

純粋に疑問だった。いくら髪型を変えたとしても、髪飾りを変えたとしても、私の顔は「綺麗」と評されることはあるが「可愛い」と評されたことはない。

店員は自信満々にこの服と、ふんわりと広がる、裾にフリルがついた白地にパステルグリーンの膝丈のスカートを持ってきて鏡の前で私に合わせて見せた。

（とっても、とってもお洋服は可愛いのだけれど……）

鏡の中の店員は、これを可愛いと信じて疑っていない顔をしている。

だが、自分の中の感性だと、これはもう少し幼い頃に着る洋服で、18歳の淑女が着る洋服だと思えない、というのが正直なところだ。

しかし、可愛い、というのが男性にとって重要なポイントだとしたら、私の感性はその点未熟であると言い切れる。

店員はプロだ。今まで何人もの女性を可愛いに導いて来た自信がある表情をしている。

「絶対、絶対可愛いですよ。よかったら試着してみてくださいませ！」

そう言って試着室に案内される。店内の奥まったところに白い個室があり、全面が鏡張りになっていた。

中に入る時に、お靴はこちらで、靴下はこれを、と、レースが段々に重なっている短い靴下と、店員が履いていたような、ストラップのついたつま先の丸いエナメルの薄桃色の靴を渡された。どうしよう、絶望的に趣味じゃない。

それでも、私が婚約破棄を申し入れられた理由に可愛げというものが足りてなかったのだとしたら、試着くらいはバチが当たらないだろう、と思って着替えてみる。

「……とても、浮いている気がするわ」

今日着ていた服がシックなものだったのもあるけれど、膨らんだ肩や胸元の大きなリボン、そもそも小花柄の生地をここまで大きく見せるのも、脚をこれだけ出してしまうのも、なんだか落ち着かない。

鏡の中の私はまるで着せ替え人形のようで、表情の変わらない人形に、試しに別の人形の服を着せてみたような違和感がある。

「お着替え、終わりました？」

「あの、もう少し待ってくれるかしら？」

「はい！」

外からかかる声に、この姿を人に見られることに抵抗のある自分との戦いがあった。

髪型と髪飾りも変えると言っていたし、お化粧でもしかしたらもう少しマシになるかもしれない。今日は、服装に合わせて落ち着いたナチュラルメイクだったし、髪もバレッタで留めたハーフアップだ。

この髪をこう、縦ロールにして、大きなリボンのついたカチューシャを……向いてないのではないかという気持ちがどんどん大きくなる。

（勝つのよ……！　羞恥心を覚えても仕方ないじゃない……！）

そう、プロが……店員が自信を持って勧めてくれたのだから、世の中ではこれが可愛いに違いない。

「き、着替え終わりました」

「開けてもよろしいですか？」

これに答えるのには、かなりの勇気が必要だった。

「え、えぇ」

「失礼します。……とっても可愛らしいですね！」

そっと開けられたドアの向こうでは、そばかすの店員がまた満面の笑みで私を見詰めていた。これが、可愛い、なのか。

「ヘアメイクも致しましょう！　きっと、とても素敵に仕上がりますよ」

「お願いする、わ」

私の中の可愛いという概念と感性と、彼女の……プロの可愛いの概念と感性に大きな開きがあることは分かっていたが、可愛いの初心者である私よりも、ここはプロに全てを委ねてみようと思った。

そうしてさらに奥にある鏡台の前に座らされる。

自分や家族、王宮では私の前に並べられることの無いピンクやオレンジが主体の化粧品にくらくらとした。

自分に青や紫が似合うのは知っているし、時にはドレスに合わせて濃い緑のアイラインを引くことはあるけれど、ここにはそのどの色も無い。

まずは服の上から被せものを巻かれて、髪を解いて前に垂らし、香油を混ぜた水を霧吹きで吹いて髪を湿らせてから、熱したコテで手際よく髪を巻かれていく。

服が隠れているせいもあるだろうが、私の顔の横に縦ロールがある状況が、頭の中で整理できない。正直に言えば、似合っていないように見える。

右側の次は左側を巻かれ、後ろの髪も緩く内巻きに巻く。一人では身支度できないし、私の身支度をする人にこの髪型をチョイスする人が居なくてよかった。

だって、本当に、驚く程似合ってないと思うもの。

金髪や茶髪の子の巻髪は可愛く見えるのだが、私のような紫紺や黒髪の人は、もう少し緩いウェーブくらいが似合うのではないだろうか。こんなぱっきぱきの縦ロール、ほとんど工具のようなものだ。今なら壁に髪で穴が開けられそうな気がする。

それだけ硬質に見えて、せっかくのサラサラ感や手触りのよさそうな艶が、金属のそれのように見える。

しかし、店員には「とっても可愛いです～！」と言われている。

どちらの感性が正しいのか、もう戦う気力を失った私は、ありがとう、と答えたものの、はたしてこれが世に言う可愛いなのか、という疑問だけは消えたりはしなかった。

髪を巻き終わると、乗せるようにして大きなリボンがサイドに付いたカチューシャをつけられた。

菫色のカチューシャにはレースの花柄を被せたリボンが付いており、これは少し、可愛いと思える。だが、工具のような縦ロールとはちぐはぐにも見える。

可愛い……？　これが……？　という視線で鏡を見詰めていたが、いよいよ目の前に並べられた「可愛い色合いの化粧品」でメイクをされる段階に来てしまった。

まずは化粧を落とすところからだ。

仕上がってみれば可愛いのかもしれない、と、私はそばかすの彼女を信じることにして、運を天に任せて目を伏せた。

◇◇◇

「出来上がりましたよ！」

そう言って目を開けた時、私は鏡の中にいる自分が別人だと思って暫く認識するのに時間が掛かった。

出来上がっている……悪い意味で。

プロだから、可愛い洋服を売っているところだから、では済まされない程、鏡の中の私は、本当に可愛くなかった。

もう少し緩く巻いていれば柔らかさが出ただろう髪に囲まれた、白い肌の上にごてごてと塗られた可愛らしいカラーの化粧品たち。彫りが深い顔立ちなので、いくら可愛くとも濃い色合いの化粧できつい印象になってしまっているし、もともと長い睫毛《まつげ》がマスカラによってけばけばしい印象を与えてしまっている。

　そして、何よりこの洋服。パステルグリーンを基調に、顔に色をのせてお花のように見立てたかったのだろうけれど、私の髪が紫紺なのでミスマッチに見えた。細身な自分が着るにしては装飾品がごてごてと多すぎて、服に着られているような印象になってしまっている。

　そもそも、この髪色でこの髪型はやっぱり、どう考えても、似合わない。洋服のふんわり感に対して、化粧も色を濃くしすぎている気がする。

　自分の感性に従うべきだった、と悔やむと同時に、こんなにも絶望的に可愛くないと感じる私を、そばかすの店員は「とってもかわいいです！　まるでお花の妖精のようですね！」と褒めちぎってくる。

　戦うのを諦めた私の心は、家も近いことだし、両親に感想を聞いてみようと、思い切ってこのまま帰ることを選択した。

　家名を告げて、請求書にサインをすると、後日お伺いしますと言われて、これまた可愛らしい紙袋に着て来た服や靴が綺麗に入れられて持たされた。

　店から出た時、そこそこ人通りがあったのだが、視線を感じる。

　やっぱり悪目立ちしている気がする。早く、早く家に辿《たど》り着きたい。けれど、こんな丈の短いスカートで大股に歩くことはできない。そもそも、そんな習慣はない。

たぶん誰も顔の方に目が行って脚まで見ることはないだろうが、踝《くるぶし》のところでひらひらと揺れる靴下のレースのフリルが可愛いというものならば、私は外見の可愛いは追求したくない、とまで思っている。

やっと家に着いた私に対し、門番が一瞬不審そうな顔をして、私だと理解した瞬間に小さな悲鳴を上げて仰《の》け反った。

「そ、そこまで……？」

「いいえ！　失礼いたしました！」

いいのよ、正直な反応ありがとう、と言うのも変なので、いいのよ、とだけ言って中に入る。

「ただいま帰りました」

そして両親のいるリビングに顔を出した瞬間、母親は茶器を取り落としかけ、父親は読んでいた本を床に落とした。

血相を変えて近付いて来た両親が、矢継ぎ早に私を問い詰める。

「誰にやられたの⁉　こんないじめをするほど貴女を憎んでいる人なんていたかしら……⁉」

「か、加護は使わなかったのか？　誘拐されてこんな格好で帰されたとか、そういう訳じゃないのか……⁉」

「そ、そうよ。犯人は眠らせてきたのでしょう？　すぐに王宮に通報しないと……！」

聞くまでもない。

どうやら、これは「可愛くない」どころの話ではなく「誘拐され、私の何かを貶《おとし》めるための嫌がらせ、いじめ」という認識らしい。

よかった、と思う。私の感性は間違っていなかったようだ。

「どうしてあなたのサラサラの髪がこんな刺さりそうに尖っているの⁉」

「あ、脚も……こんな辱めを受けさせられて、王太子殿下に見られでもしたら……！」

やっぱり、そうですよね。

髪型は酷いものだし、脚は出すぎだし、これが今の貴族の同年代の淑女の流行《はや》りなのだとしたら、私は自分の好きなものを着る。見た目で可愛いとか、可愛いものを身に着けるとか、そういうものは私と徹底的に相性が悪いと証明された。

店員はきっと、これが可愛いの形、という価値観を持っているのだろう。ただ、それを誰にでもあてはめているせいで、個人に似合った可愛さというものを引き出すのが無理なのだと思う。

もしかしたら、選んでくれる店員を間違えたのかもしれない。が、二度とあの店には行くまいと思うし、この洋服も、カチューシャも、靴下も、靴も、全て今日の反省としてしまって……いえ、封印しておこうと思う。血迷った時には、これらを見て自分を落ち着けるために。

「お父様、お母様、これは全て私が選んで買ってきたものです。お化粧もしてもらいました。髪型もです。これが、世の中の『可愛い』だと知ることができました。……私は、これならば、『可愛い』じゃなくていいと思います……」

私の言葉に今度は両親が絶句した。きっと、私がホームシックのあまりにおかしくなったのだと思ったのだろう。何故か両側から抱き締められた。

そして、私の両肩をしっかりと掴んだ母は、真剣な顔でごてごてに彩られた私の顔を見詰めて、宣言した。

「ルーニア……『可愛い』になりたいのなら、まず私に相談してちょうだい。明日、貴女をとびっきり可愛くしてあげますからね」

疲れ切った私は、小さく頷くと、すぐに化粧を落としてお風呂に入って眠った。

後日、両親の元にきた請求書の代金は……いずれ、私が何とかして返そう。

こんなに無駄で疲れる買い物は、初めてだ。

……とてもじゃないけれど、殿下と一緒の時でなくてよかったと、心底思った。

番外編 3

ある日の夜会から（ヴィンセント）

ルーニア様に明確にフラれてからというもの、僕は夜会に積極的に出るようにした。今までは、どうしても出なければいけない夜会以外は全て断っていた。昔からルーニア様が好きだったし、一番そばで……いや、それはジュード殿下の方だったな。

とにかく、彼女がどれだけ素晴らしいかを知っていた僕には、他の女性の良い点を見つけることができずにやりすごすしかない夜会は苦痛でしかなかった。

剣ができなくとも、僕の見た目は一見の価値があるようで、声を掛けられることも少なくない。僕も、女性に冷たくしたりするほど社交性がない訳ではないのだが、それで勘違いされるのは御免こうむりたかった。

けれど、はっきりとフラれた今なら、どんな女性でも救いの女神に見えるかもしれない、と思って夜会という夜会に（もちろん、王太子殿下たちが参加するものは避けて）出まくった。

昼は執務、夜は夜会、と寝不足になりそうな生活だったが、その辺の要領も悪くなかったので仕事は終わらせてちゃんと寝る時間も確保した。どうしても外せない会議がある時には、夜会の方を諦めた。

何せ、どの夜会に行っても、やはり皆同じような女性に見えてしまうのだ。

なんというのか……綺麗な魚が水槽の中で泳いでいるのを眺めているような、花畑の花が風に揺れるのを眺めているような、そんな気分にしかならない。

一人一人を見ようとすると、途端に色あせてしまう。

結局、モテるにはモテたものの、肩書と見た目だけで寄ってくる女性に僕は興味を抱けないという、他の男性に愚痴を零したら非難されそうな結論に落ち着いてしまった。

結局は仕事がらみの男性との社交場としてその場を活用することになり、女性との交流は殆どないまま、ただ観葉植物を綺麗だなと観察するように眺めていた。

しかし、ある日の夜会から、彼女たち一人一人が少し変わって見えた。

剣の腕はからっきしだが、頭の方はそれなりだと思っている。公爵家の次男ということもあって、将来は宰相の地位に収まるつもりで（父もそのつもりで鍛えてくれている）仕事をしてきた。

宰相は時に外交官を兼ねたり、一緒に国交について議論する必要も出てくる。社交性は必須でもあったし、流行りに疎いようでは他国で笑いものになってしまう。

女性たちのドレスの形や色の流行りが変わったようには見えない。

でも、何かが違う。

首を傾げていると、親交のあるドミニク公爵家の令嬢、イザベルが声を掛けて来た。

「どうかした？　ヴィンセント」

「ベル。あぁ、いや……うん？　君もだな。最近、何か流行りに変化でもあったかい？」

いつも通りの上質なドレスに見えるが、やはり少し華やいで見える。

「あぁ……刺繍入りのリボンじゃないかしら。若い女の子が事業を始めたらしいのよ。それがね、貴族社会で流行ってるの。平民の子が始めたらしいんだけど、資金は潤沢、技術や人を使うのもうまくてね。最初は仕立屋に卸していたんだけど、貴族街の中央に店舗を構えたらお客が殺到よ。ほら、これ、素敵じゃなくて？」

リボンに刺繍とは考えたこともなかったが、よく見ればイザベルの腰に巻かれた大きなリボンにも大輪の花が連なって刺繍されている。

ドレスそのものに刺繍をするのは余程凝った作りのものだが、リボンならば華やかになりつつも格式を上げ過ぎない。また、生地全てに刺繍するより細かな作業が必要になるはずだが、お給料がよければ平民の女性……特に子育てが終わった女性はこぞって働きたがるはずだ。

針仕事と刺繍はまた違うはずだが、図案があってやり方さえ教えれば、針の使い方に手慣れているなら習得も早い。

見事な経営手腕だと思う。売り込み方もうまいものだ。

最初は仕立屋に安く卸して、ドレスの一部として使ってもらう。やがてリボンはこうして腰に巻いたり、細い物を髪に編み込んだりと応用が利いてくる。

最初にやり始めたのだから、当然ノウハウはそこが一番持っている。技術を教えれば雇うのは平民でいいので、人件費も安くつく。教える側として雇うと言えば、下級貴族の娘ならば花嫁修業に仕事がしたいということもあるだろうし、人材も集めやすい。刺繍は嗜《たしな》みだが、多少の小遣い稼ぎや持参金の足しにもなるだろう。

「少し、手に取ってみても？」

「構わないわよ、解かないでね」

「分かってる」

大きく結ばれた太いリボンの端を手に取る。ほつれないような処理も完璧だ。

また、貴族の好む図案をよく知っている。華やかな色、華やかな意匠だが、ドレスを脇役にしないように計算されている。あくまでも布地は優しいパステルカラーに、刺繍糸の中に挿し色で原色をいれて華やかながら、あくまでリボンという装飾の域を出ない。

僕は俄然《がぜん》興味が出てきた。こんな手腕を振るう若い女性とは、一体どんな人なのだろうか。

宰相になれば、公爵家を継がなくとも、僕は役職として伯爵位を得ることになる。

僕は無論公爵家という一領主に収まるよりも、宰相として王の……今の王太子、ジュード殿下の腹心になることを望んでいる。恋敵だったとはいえ、それは僕が勝手に横恋慕した結果フラれただけのことであり、ジュード殿下には友情や親愛を感じている。自分が色恋よりも仕事に打ち込みたい性質だからこそ、リボン事業の女性に惹かれているのだろうか。

貴族と平民の恋愛や結婚は価値観の相違からうまくいかないことがあるそうだが、いくら何かしらの伝手で元手があったとはいえ、若い女性がこれだけの仕事をやっている。

顔も名前も知らないその平民の女性が、僕は気になって仕方がなくなった。

イザベルにその店の名前と住所を聞いて、翌日、僕は休みを取ってその店へと向かった。

◇◇◇

休暇を取って昼から訪れたのは、私服からドレスまで衣料品を扱う店が並ぶ通りの、端にある店だ。

特別華やかという訳でもなく、店は二階建てのレンガ造りの瀟洒《しょうしゃ》な建物で、街に馴染んでいる。

平民の出であっても、商家であれば貴族街に許可を取って店が出せる。

今朝、その店の保証人を調べたら、なんとジュード殿下その人だった。どこでどう繋がりがあったのかまで調べてもよかったが、これについては父親に止められた。

何やら訳アリらしい。ジュード殿下に聞いてもよかったが、好きになる女性がことごとくジュード殿下絡みだと思うと何だか気が沈んだので、僕はとにかく、前知識なしで新しい商売を始めたこの店の店主に会いにきた。

「いらっしゃいませ。あら、恋人へのプレゼントでも買いに来られましたか？」

男性客は珍しいらしい。そのうえ、僕の顔立ちや身形から何やら誤解を受けたようだ。

誤解といっても、接客業としては正しい誤解だろう。僕を見て「お似合いのリボンがありますよ」というのは見当違いだし、見た目は褒められる方なのだから、きっと恋人がいるのだろう、と結論付けて話すきっかけにするのは間違いではない。

この一言だけでよくわかった。この店の店主は、この年若い女性だろう。

金色の緩くウェーブのかかった髪を緩く編んで前に垂らしている。商品のリボンを使っている辺り、自分の見た目がいいことを理解しているようだ。

色白で、青い瞳がよく映えていた。金髪に似合う青い花と緑の葉を模した刺繍のリボンは魅力を良く引き立てている。

今日はお客はいないようだ。もっとも、今が昼時ということもあるだろう。店内には様々な柄のリボンが掛かっていて、色違いや意匠違いで綺麗に並べられている。

真ん中のアンティーク調のテーブルの上にはリボンを使ったアクセサリーもあり、顔や体に合わせて見るための卓上鏡から姿見まで色々と置いてあった。その配置も無駄がない。

彼女のように髪に編み込むものから、ドレスやワンピースのリボンベルトにするための太いリボンも陳列されている。それぞれの商品に近い所に、見合った鏡が用意されている。複数並べてあるのは、それだけこの店が混み合うからだろう。

「失礼、僕はヴィンセント・ボルタ。公爵家の次男で、恋人も婚約者も居ません。貴女の商品が最近の流行なようで、貴女に会いに来ました」

公爵家、と聞いて彼女の顔色が少し曇る。王太子に保証人になってもらいながら、あまり上位貴族や王宮に良い思いがないようだった。

そこは本人に聞くより、王宮側に尋ねた方が早いだろう。訳アリ、というのは分かっていたことだ。

「何も視察に来たわけじゃありません。貴族社会に新しい風を吹かせたのが若い女性だと聞いて、どんな方か興味を持ったんです。貴女が店主で間違いありませんか?」

「……えぇ、私がこの店の店主の、ミナです。ボルタ公爵令息」

「ヴィンセントで構わないよ。丁寧語もいらない、僕はお客で、君に興味があるただの文官だから」

「私に興味、ですか? ……貴族の方が平民に興味があるだなんて、変なご趣味」

接客業の域を出ない範囲で丁寧語ではあるが、内容はとげとげしいものになった。

彼女はあくまで貴族は客であり、自分に興味を持たれることには何かしら警戒心があるらしい。

知れば知る程興味がわいてくる。こんなに特定の女性に興味を抱いたのは、ルーニア様以来だった。この人にならもしかすると、僕でも恋ができるんじゃないかと思う。

対人関係においては焦ってもよい結果はついてこない。

交渉事……恋愛をそう呼ぶのならば……においては、尚のことだ。

「少し、商品を見ても?」

「構いませんよ、お客様ですから。気になるものがあったらお申し付けください」

言って、彼女はカウンターの中に入り、客からは見えない所に誂《あつら》えたのだろうデスクで帳簿を確認し始めた。

僕は宣言通り店内の商品を見て回った。

センスとは積み重ねというが、どのリボンを見ても、とても平民が思いつく意匠には思えない。古くから愛されている模様もあれば、最新の、それこそ彼女のような若い女性が好みそうな色とりどりのものまで様々だ。

はっと目を引かれたのが、白地に金で蔓草《つるくさ》模様を刺繍したシンプルなリボン。豪奢でありながらも、光沢のあるリボン生地に光沢のある金の刺繍は、筆で模様を描いたような繊細さだ。

他のリボンが刺繍でびっしり埋め尽くされているのに比べて、このリボンの生地は厚くなっていて、細かな模様を連ねてあっても生地が裂けないように工夫されている。

値札も付いていて、他に比べて単価が高い。材料費も高いが、これは余程刺繍慣れしていないと、この長いリボンを繊細にずっと彩ることができない技術料もあってのものだろう。

「ミナ嬢」

「あの、その呼び方はちょっと。君、でいいので名前はご遠慮くださいませんか？」

失礼にならないように呼んだつもりだったが、彼女の方は僕と親しくなる気がなさそうな返事だった。

ますます興味が湧いてしまう。僕はもしかしたら、僕に興味がない人が好きなのかもしれない、なんて考えが頭をよぎる。

「君のその髪型に使うには、どの位の長さのリボンを買えばいい？」

「そうですね……少しお待ちください」

彼女はメジャーとハサミを持って立ち上がると、こちらに近付いて来た。

徹底的に店員としての振る舞いは崩さない。そのくせ、僕を警戒しているのが丸分かりだ。

思わず笑いそうになるが、咳払いをしてごまかす。

「どのリボンですか？」

「この白地に金のものを」

「これは生地が厚手になっているので、髪に編み込むなら……このくらいあると自然に見えます」

慣れた手つきでリボンを引き出したミナ嬢は、引き出した分をメジャーで測る。

「ご購入されますか？」

「うん。ラッピングはしてくれるのかな？」

「ええ、承っております」

「じゃあ、青いラッピングを」

彼女は引き出した分のリボンを綺麗に切ると、手慣れた様子でくるくると丸めて、青い薄い紙袋に入れて金一色のリボンで結んだ。僕の掌に乗るくらいのサイズで、これは可愛らしいとその手際と仕上がりにも感嘆した。

　会計を済ませて、僕はその青い袋をカウンターの上に置いた。

「はい？」

「気になる女性への贈り物。来週、同じ曜日の同じ時間に来るから、よければ着けていてくれると嬉しい」

「……冷やかしは困ります」

　明らかに顔をしかめた彼女が少し怒ったように告げる。

　とはいえ、売り物のリボンはもう切ってしまったし、ラッピングもして会計も済ませている。僕としては実に真っ当な贈り先だと思うのだけれど、彼女は微笑んで顔を見ている僕の気まぐれだと思っているらしい。

「……分かりました。その時は、また何か買ってくださいね」

「もちろん。きっと君に似合うと思う。また来るよ、ミナ嬢」

　僕はそれだけ言って店を出たが、彼女は最後まで面白くなさそうな顔をしていたように思う。

　帰り道、久しぶりに楽しい気分で道を歩く。カフェにでも寄って休日を満喫しようかと思ったが、なんとなくあの店の余韻を消すような気がして、僕はまっすぐ家に帰った。

◇◇◇

「ジュード殿下、人払いを願います」

翌日、僕は父親には昨夜のうちに自分の気持ちを正直に打ち明けていた。

ルーニア様への幼い頃からの恋心と、それが実らなかったこと。それから夜会に出るようになったが、興味を持った相手が件《くだん》の店の店主だから、彼女の事情を教えて欲しいということまで。

父親にとっては憐れみもあっただろうし、僕が本気で調べる気になれば全て調べることは理解しているだろう。その能力の高さで今、僕は王宮に個室の執務室が与えられる『文官』をしているのだから。

下手に調べられて話が変に飛び火するよりはマシだと思ったのか、僕が動き始めたらもう止めても無駄だと理解してくれたのか、最初は口をつぐんでいた父親がジュード殿下を直接訪ねなさい、と言った。

ただし、これは最高機密であり外に漏れるようなことがあったら僕は勘当されるという。

それならばと、翌日のジュード殿下の会食等の予定を調べて、空き時間（仕事はしているだろうが）に彼を訪ねた。

「ヴィンセント。――皆、外してくれ」

片手を挙げて書類を持って並んでいた文官たちを部屋から追い出すと、ジュード殿下は応接用のソファを示し、自分も対面に腰掛けた。

ルーニア様との痴話喧嘩の時とは逆の構図だが、だからこそ殿下自身もそこは僕に借りがあるという思いがあるのだろう。思いのほかすんなりと二人きりになれた。

「ジュード殿下が保証人になった、事業を始めたミナという女性について、知り得るだけの情報をくれませんか」

薄く笑って尋ねた僕に、ジュード殿下はこめかみを押さえて目を伏せ、深いため息を吐いた。これは、僕に対してではない。何かジュード殿下の方に手落ちがあるようだ。

「……これを話すと、お前から絶交されそうで嫌なんだが……また、どうして？」

「好きになってしまいました。ミナという女性、見た目も美しいし、事業のほうも辣腕《らつわん》だ。あの年齢の女性の……しかも平民の女性にできることじゃあない。事業を始めた日を遡ると、ちょうど、ジュード殿下とルーニア様の痴話喧嘩と時期が被る。父親にも聞きましたが、ジュード殿下に聞け、ということでしたので」

ますます渋い表情になる殿下は、僕に視線を寄越すまでたっぷり数十秒考えてから、こちらの機嫌を窺《うかが》うように見てきた。

「……何を聞いても絶交しないでくれるか？」

「もちろん。外にも漏らしませんし、誰にも言いません。……というか、リュークも一枚噛んでいるんでしょう？　僕だけ仲間外れは酷いじゃないですか」

大体の事情は実はもう見えている。僕が欲しいのは推測じゃなく、確証だ。

あの時殿下が相談に来たこと、いつの間にか解決していたこと、リュークとルーニア様が会っていたことを考えれば、幼馴染四人の中で僕だけが推測しか知らないでいる。

「分かった。ただし、これは……そのミナという女性の為にも、絶対に口外しないでくれ」

「……分かりました。それで、何があったんです？」

そうしてジュード殿下は事のあらましを話し始めた。ルーニア様を呼んだ方が早かったかもしれない、と思う程動揺した語り口で、情報を整理するのに僕から質問したりもしたけれど、なんとか最後まで聞くことには成功した。

聞いておいてなんだけど、やっぱり手がイカれても一発殴っておいた方がよかったかな、と少し思う。

友情も親愛も変わらないけれど、あの数日の痴話喧嘩でよくもまぁそこまでのことができましたね、と口にしなかった自分を褒めてやりたい。

男として最悪だろうに、それでもルーニア様にはジュード殿下と自分を見直すいい機会になったようだし、ジュード殿下と絶交する、と僕が言わないのもきっとルーニア様と同じような感情を殿下に持っているからだ。

「……それで、ミナは元子爵令嬢で、両親の借金のせいで市井で働いていて出会い、殿下とルーニア様を一度は婚約破棄の危機に陥れたものの失敗し、その時の陛下の勅命を破った上で最終的に殿下の目の前で自害を試みて加護の秘密を知ってしまった為に、一生監視がつくことになった、と。——ますます気に入りました。そんな中で殿下に対して、工房や店舗を作り営業するための保証人を頼んで来たんですね。両親は捨てられた、と。まぁ捨てて当然です、そんな親。害でしかない」

僕は事情を整頓するように殿下に話し、彼は頷いた。見上げた女性だと思う、と。

そして保証人になったことと、見張りからの報告でミナの事業の辣腕ぶりは、一種の才能だと思うと所感も述べた。

衣服への刺繍はもっぱら貴族相手に衣料品を取り扱う店の仕事だ。そこに今から新規参入するのは難しい。

子爵令嬢として身に付けていただろう刺繍の知識と、市井で働いた時の経験から……読み書きと計算ができるということは、事務方も任されていたのだろうと推測できる……簡単な事業の知識を得たのか。

市井で働いていた経験から、どのような商法が成功するのか、失敗するのかも学んでいたのだろう。

急に刺繍リボンの店、として出店しても嫌がられただろう。まずは自らサンプルのリボンを作り、なるべく上位貴族を相手にするような、ドレスの販売店に卸してみる。

狙い通り評判が良く、もっと欲しいと言われるのを見越してその間に市井から働きたい女性を少し高い賃金で雇い、針仕事とは言っても服を縫うのとは違う、リボンへの刺繍の指導をし、量産体制を整える。

その間に少しずつブームが始まり、その頃には量産体制に入っていて、自分で刺繍したものはそのまま上位貴族の店に、そうじゃないものは雇った女性にやらせる。図案は全て自分だろう。何せ貴族だったのだから、どういったものが好まれるのか、という価値観自体は出来上がっていたはずだ。

その後はドレス店等からの要望を掴み、意匠を増やしていき……そして、店を開くまでに至った、と。

あの痴話喧嘩の裏にはこんな強《したた》かな女性がいたと思うと、思わず口許《くちもと》がにやける。

「きっと、彼女はジュード殿下に対してはか弱く守りたくなるような女性に見えたでしょうね」

「言うな。……女性は、凄いな、ヴィンセント」

「そうですね。しかし、一つ訂正させてください、ジュード殿下」

僕の面白がっているような声に、首を傾げて、何だ？　と尋ねる。

「女性が凄いのではなく、ミナ嬢が凄いんですよ。親を捨てる、一人で身を立てる、それを10代の元貴族の女性がこの短期間でやり遂げた。他にこんな真似ができるような女性がいるとは思えません」

目を丸くしたジュード殿下は、くしゃりと笑う。

「そうだな。彼女は強い。私は、何も分からないまま振り回し、その裏では利用されようとしていたが……嫌いではないよ」

結果的に王太子という自分の身分が、彼女を平民にまで落としてしまったけれど、と付け加えて、ジュード殿下の話は終わりになった。

が、僕はそれだと困る。

彼女に全てを知っているうえで、好きだと伝えなければ彼女は事情を一生誰にも話すことができず、一人で、もしくは秘密を抱えたままどこかの商家の男と一緒になってしまうかもしれない。

僕はこれ以上の失恋は嫌だった。最初から破れていたような恋だったけれど、ルーニア様は一度はもしかしたら手の中に落ちてきてくれるかもしれなかった。まぁ、そう都合よくいくわけもなかったけれど。

剣の腕は立たないけれど、頭の方なら切れる自信はある。

彼女に必要なのは力で守る人間じゃない。権力と、金。彼女が何も心配せずに生きていける環境。そして、彼女が今やっている仕事が本当に彼女がやりたいことなのかを、ちゃんと確認しないといけない。

推測で動くのは失敗の元だと学んだばかりだ。離れたと思った殿下とルーニア様が実はより一層強く結びついた、なんて結論を見たばかりで、同じ失敗を繰り返す気はない。

来週、彼女の元に行く時には見張りを外して欲しいとお願いして、僕はジュード殿下の仕事を邪魔した分、残りの仕事を手伝ってから彼の執務室を退出した。

◇◇◇

「着けてくれたんだね、嬉しいよ」

「……せっかく、綺麗に刺繍したので」

予想通り、この見事な逸品は彼女手ずからの刺繍だった。

彼女の両親が賭博に溺《おぼ》れさえしなければ、彼女は淑女としての教育を受け、花嫁修業で様々な教養を身に付け、どこかいい所の貴族に嫁いだに違いない。

それはそれで幸せな未来だったろうけれど、彼女の未来は今からでも……むしろ、僕がここにきた時点で、予測された幸せな未来よりもずっと幸せな未来になったんじゃないかと思う。傲慢でも何でもなく、僕は必ず未来の宰相になるし、彼女を貴族として迎え入れることもできる。監視の目を外すこともできる。

「実は僕はジュード殿下の幼馴染でね。今なら監視の人はいない、そう約束してきた」

「……まさか、そんな」

彼女の声は、僕の言葉を冗談だと言いたげな、抑揚のないものになる。動揺しているのが丸分かりだ。

「君が何故監視付きになったのか、何で監視のことを僕が知っているのか。僕がこの話をした時点で、僕が何もかも知っているのは分かるよね？」

「……どうするおつもりですか。この事業を買収でもするおつもりで？」

ミナ嬢の顔から表情が消えて、これ以上何を奪うつもりか、とでもいうような底冷えのする声になる。

ぞくぞくした。こういう女性がいい。

何か、絶対に全うしたいことがある女性だ。ルーニア様の場合は、それがジュード殿下と添い遂げることだった。

ミナ嬢の場合は、自分が豊かに生活することだ。金に貪欲で事業を成功させる者、名誉を求め武勲を立てる者。大衆はその貪欲さを下品だと笑い、さげすむ。人生を豊かにしたい、そう考えることの何が悪いのか理解はできないが、昔からそれを嫌悪するのは、生まれながらに豊かな人生を送っている人間の方だ。

リュークを妬み、ひがみ、見下していた貴族や使用人たちのような、当たり前に働く場所と恋人が作れて、伴侶がいて、真っ当な生活をしていける人たち。

ミナ嬢は貴族の生まれだ。そこから転げるようにして市井で働くことになり、さらに引っ掛けたのが王太子だったために平民にまで落とされた。

いくら金があっても、彼女に市井で働いた経験がなければ、搾取されるだけ搾取されて終わっただろう。しかし彼女は自分の能力で事業を成功へと導いた。そんな貪欲さを、僕は眩しいと思う。

いくら事業につぎ込んだかは知らないが、あの王太子が慰謝料をケチるわけがない。今でも充分『一人でも』豊かな生活ができるはずだ。

だから、僕のこれは庇護でも何でもない。そういう女性と、人生を共にしたい。

「僕と婚約してくれませんか、ミナ嬢。一生の監視役を僕にさせて欲しい。僕は本当に、君の手腕と生き様を称賛している。尊敬もしている。――ただ、当たり前の幸せとそれを送る土壌を持っている人間には何も興味がわかないんだ」

とびきりの笑顔で、片手を差し出す。

この手をどうか取って欲しいと思う。だけれど、僕は分析や推測、調査は得意でも、やはり女心というのは理解できていないようだった。

ミナ嬢は目に一杯涙を溜めて、それもこらえきれなくて両手で顔を覆って泣き出した。

「情けをかけているつもりなら、お帰りください。私は……私はただ、子爵の娘として、真っ当に生きたかっただけ。貴族の誰かと結婚して、のんびりと領地で暮らしたかっただけなのに……。お金だけが残って、それを元手に生きていく仕事を始めたばかりなのに、そんなことを言って、私が事業への情熱や執念を失ったら捨てるのでしょう？」

泣きながらも、明確に人間不信を募らせていることが分かる言葉だった。

その視点からは考えていなかったな、と反省する。僕は、事業をやっていようといなかろうと、僕にミナ嬢自身を気付かせたことそれ自体に彼女への賞賛と尊敬の念を抱いている。

だから、僕と婚約して、結婚して、事業を誰かに譲ってしまっても別に嫌いになったりしない。

「じゃあ、婚約はしなくてもいい。信じてくれるまで、僕は独り身でいる。恋人……も、難しいなら、友人からでどうだろう？」

「友人……」

「そう。君が困ったら相談に乗るし、僕にできることなら手伝う。僕はとにかく、好み

にうるさいみたいだ。今は君が最高に輝いて見える、どんなに着飾った女性よりもね」

泣いて赤くなった目元を指の背で拭いながら、ミナ嬢は小さく噴き出した。

「本当に……変な趣味。いいですよ、友人からお願いします」

今度は、差し出した手を取ってくれた。

まずはここからでいい。彼女はまだ、金以外の物を信用できないでいるだろうから。

それでも、彼女の笑った顔は、世に言う金に汚いだけの人間とは違って、本当に輝いて見えた。

番外編4 信じて頼める人 〔ミナ〕

とにかく、両親に見付からないうちに私は即座に金を抱えて街に出た。大通りを行く方が安全だ。お給料日の日もそうだったけれど、金を持っている時に隠れて路地裏なんて歩く方が危険極まりない。

今の私は質素な服装だし、トランクの一つを空にして、全ての金を詰め、庭で泥を使ってトランクも自分の服も汚し、長旅をしてきたようにした。これで誰にも大金を持っているとは思われないはずだ。

そうして、今まで近づかなかった教会や孤児院のある方を目指した。

あの王太子が化け物だと分からなかった私は大馬鹿者だ。私は何も悪くない、と思わないと立ち上がることもできなかったが、現金を自分で持って歩くのは、それよりもっと怖かった。

頼れる物はこれしかないという重量感と、だからこそこれが誰かに盗まれたらと思う恐怖心で、王都に来たばかりで右も左も分からない人間に見えていたかもしれない。

働いていたのとは反対の区画だから知っている人はいないだろうけれど、教会に行こうとした足をはたと止めた。

教会では、炊き出しの他にも無料で聖堂に毛布を貸し出して泊めてくれる制度がある。けれど、そこにいるのはお金がない人たちだ。

私にとって最後の頼みの綱なのに、そんな所にこんな大金を持っては行けない。

そもそも、平民街でずっと暮らすのは無理だ。両親に見付かるか、食堂の客や店員に見付かるか、いずれにしても私より力が強い人たちが、私よりお金を持っていないのは確かで。

安全な場所を探さなければいけない。

「……どうしよう」

ほんの数年前まで貴族の娘として育った私は、ある程度の絵画が描けて、刺繍、読み書きや計算は出来るけれど、商家だってお金にがめつい人のいる場所だから働き口に向かない。

そもそも、平民がこんな大金を持っていることがもう、ダメなのだ。

（貴族……どこか、貴族の家で……安全で、人のよさそうな誰か……）

昔、私もまだ幼かったころの話だが、下級貴族ともなるとそれなりに隣近所との親交もあった。領地から野菜が届いた、今年は豊作だった、なんて話を交わすのだ。まるで、普通の市民のように。

その中に、家族が誰もおらず、隠居して王都に住んでいるお婆《ばあ》さんがいた。確か、メアリ元伯爵夫人。息子夫婦が伯爵位を継ぎ、領地は山間で何かと不便だからと、王都の屋敷に留まっている一人暮らしのお婆さんだ。

私に優しくしてくれた。孫は中々会いに来てくれない、と言ってお菓子とお茶をよくごちそうになった。刺繍を教えてくれたのもメアリ夫人だ。

そのうちに、私の両親が賭博で家を傾かせ、私は迷惑をかけないように彼女から離れたけれど、メアリ夫人なら暫くの間家に置いてくれるかもしれない。

私は教会の前を早足に通りすぎ、貴族街に親戚の伝手でメイドとして働きに来たんです、と平民街と貴族街を仕切る高い壁に設けられた関所で言った。

ミナ、としか名乗らず、メアリ夫人の名前を出すと、門番は怪しむことなく通してくれた。

私のやったことが、こんな下っ端の兵士にまで知れ渡っていたら国なんてやっていけない。おかげで貴族街に戻ることができた。

昔は何度も通った道だから、私は迷わずにメアリ夫人の小さな庭付きの屋敷に辿り着くことができた。

けれど、メアリ夫人の耳にも我が家が傾いた理由や、近所のことだからペリット家がなくなったことはもう耳に入っているだろう。

使用人というのは、とにかくそういう噂話だけは早いのだ。仕事はのろい癖に。

私がメアリ夫人を頼るのは一種の賭けとも言えた。メアリ夫人が私をかくまうふりをして、このお金をどうにかする可能性も無くは無い。もしくは、もう貴族ではないからと使用人としてこき使われる可能性もある。

けれど、もしメアリ夫人が、私を受け入れてくれれば……活路はある。事業でもなんでもやって、恩返しもする。今信じられるのはお金だけ。お金を守るために信じられるのは……賭けだけれど、メアリ夫人だけだ。

「すみません、メアリ夫人を訪ねてきました」

夫人は門兵も雇わず、庭師の老人と、数人の使用人と慎ましやかに、それでも楽しそうに生きていた。いつもニコニコ笑っていて、私を歓迎してくれていた。

パパやママよりずっとずっと、私はメアリ夫人が好きだから、拒絶されるのが怖くて声が震えた。

声を掛けた庭師のお爺さんは「おやまぁ、ミナお嬢さんかい。ちょっと待っとくれ」と言って、手を止めて屋敷の中に入っていった。

やがて玄関に、庭師のお爺さんに連れられてきた腰が曲がったメアリ夫人は、私を見てまぁ、と口元を両手で覆った。

私が近づくと、随分下にある顔で、戸惑い顔の私を見上げて抱き締めてきた。

こんなに温かく抱き締められたのはいつぶりだろう？　王太子の時は、とにかく金持ちの男としか見ていなかったけれど、メアリ夫人は違う。

噂を聞いて、私を心配して、頼りに来た私を見て抱き締めてくれている。

涙を流して、よかった、よかった、と何度も言ったメアリ夫人を、私は頼みの綱のトランクを地面に置いて抱き締めた。

この重さだけが私が信頼できるものだと思っていたけれど、私にもちゃんといた。信じていい人、頼っていい人が。

「さぁ、中に入って。お腹は空いていないかしら？　お部屋も用意しましょうね。まずはお茶がいいかしら。ミナちゃん、お話を聞かせて。私が力になれることは、何でもしましょう」

「メアリ夫人、私は……」

もう貴族じゃないんです、と言いかけたが、顔をあげたメアリ夫人は、まだ涙を溜めた目で柔らかく笑った。

知っていて、変わらず私を孫のように……思って接してくれている。

私は顔をくしゃりと歪め、それでも泣いてなるものかと、何か意地のようなものを抱えてトランクを持って屋敷の中に入った。

顔見知りの使用人たちも、私の噂を聞いて心配してくれていたようだった。皆、もう子供が手を離れた年嵩の人たちだからか、私の噂を聞いても悪いようには一切受け取らなかったらしい。

とにかく、私は居間に案内され、その間に客間を整えてもらったり、替えの服や下着を用意してもらったりして、お茶をごちそうになった。

客人としてもてなされている。少なくとも、使用人として働くことにはならないようだ。

私は話せるところだけ……見張りはきっと今もついている、メアリ夫人に迷惑をかける訳にはいかない……事情を話した。

そうしている間に自分は悪くない、と呪文のように唱え続けたのが嘘のように、自分が黙っていたなら、という後悔ばかりが襲ってくる。

「王太子殿下と……知り合う出来事があったんです。もちろん、社交の場ではなく、非公式の……お忍びで街に出られている時に。そして、私は……ごめんなさい、全ては話せないんです。でも、私が間違わなければ爵位を取り上げられることもなかった……。メアリ夫人だから話しますが、このトランクの中には金貨が詰まっています。私はこれを元に、事業を起こして、なるべく早くここを出ます。その間、どうか置いてくれませんか。両親から、私とこの元手を守ってくれませんか」

素直に、私は頭を下げた。下町に染まったと思っていた私の口調は、メアリ夫人の前だと貴族のそれになる。場所に染まりやすいのかもしれないが、これは、今後の一生を決めるようなお願いだ。

メアリ夫人には損しかない。私がこのトランクの中からお金を渡すのは当然としても、事業を起こすために全部は渡せない。頭を下げながら、いくら渡せばいいのかを考える。

「そう、大変だったのね。ご両親のことはね、もっと前に聞いていたのよ。ミナちゃんがうちに来なくなったのも、私に気を遣ってくれていたのよね？　こうしてまた顔が見られて、そのうえ一緒に住んでくれるなんて嬉しいわ。そうねぇ、でもミナちゃんは大人だから、『家族のようなものだから』と言ってもきっと私のことを信用できないでしょう」

のんびりとしたメアリ夫人の言葉は的を射ていた。

「だから、そうね、独り立ちする間までの家賃と食費で、金貨を三枚いただける？　そしたらもう、私は老後が楽に暮らせるわ。皆のお給料だって少し上げてあげられるもの。その代わり、ミナちゃんが独り立ちするためのお手伝いや、衣食住、安全は全部保証してあげる。あぁ、兵士さんも雇わないとねぇ。門番をお願いしたいから、四人くらいかしら。金貨三枚で、貴族ってこんなにいろんなことができるのよ。すごいわねぇ、新しい仕事を始めるのなら貴族の生活なんてぴょんと飛び越えちゃうのよ。だからね、何年いてもいいから、しっかりやりたい仕事、生きていける仕事を考えましょうね。なんて、私が生きている間だけなのだけれどね、ここに居てもいいわよ、って言えるの」

メアリ夫人は座ると背筋が少し伸びる。立っているのが大変なのだろう。それなのに、わざわざ自分で玄関まで迎えに来て、こうして一緒にお茶を飲んで、未来の話をしてくれる。

平民にとっては……私みたいな貴族くずれにもだけど……大金だけど、金貨三枚なんて、貴族にとっては本来はした金だ。

メアリ夫人は……自分がそこまでは生きないと分かっている。だから使用人にも少し還元して、兵士も雇って、私一人分の衣食住を賄って、それでも楽に生きていけると言う。

普通の貴族なら、金貨何十枚もするドレスを着て歩いている。夜会に着ていくドレスなんて、そんなに高いものなのに同じものは二度と着ないという人だっている。

しかしメアリ夫人はそれで十分だと言ってくれた。

子供の……成人して街に働きに出る前の私にとって、メアリ夫人はいい隣人で、本当の祖母のようだった。血の繋がりは無いけれど、安心してそばに居られる人だった。

今の私にとって、メアリ夫人は本物の家族以上に信用でき、私のことを理解してくれて、頼ることができる唯一の人だ。

私は、俯いたまま大きく頷くと、スカートに零れた涙を手の甲で拭って顔をあげた。

「その条件でお願いします。でも、メアリ夫人、お願いがあるんです。新しい事業のアイディアを一緒に考えて欲しいので……金貨五枚、受け取ってくれませんか？」

「まぁまぁ……、この歳になっても新しいことができるのは、素敵ねぇ。いいわ、お仕事ね。じゃあ、金貨二枚は私のお給料として受け取るわ。一緒に考えましょうね」

メアリ夫人は、随分と少なくなった歯を見せて満面の笑みで頷いた。

こうして私は、安全に暮らせる場所と、頼れる人を見つけた。

◇◇◇

そこからは、研究の日々だった。メアリ夫人のお使いという形で、私は帽子を被り、スカーフを巻いて街中の様々な店を見て回った。

貴族に必要にされている物がいい。それでいて、誰の商売も邪魔しない、むしろ役立つような物。

たくさん持っている人たちでもまた欲しいと思うような物だから、衣服や食品などの生活必需品ではない。

宝飾品を今更手作りしたり、職人を雇ったりしても、市場で大きく稼げるかと言われたらそんなことはないし、かといって被服の分野でも、普段着からドレスまで、貴族街には揃わない物はないように思えた。

難しい顔でショウウインドウを眺めていると、ふと、自分の頭に巻いていたリボンのお店が目に入った。

ちょっとしたオシャレに使う、若い貴族の女性が髪に付ける飾りを売る雑貨店だ。

凝ったエナメル細工の手鏡に、刺繍の施されたハンカチ。生地にレースを被せたようなリボンのついたカチューシャや、シンプルにビーズのついたヘアピン、石膏《せっこう》細工のバレッタが並んでいる。

リボンは量り売りで、好きなようにアレンジできる。少し高い生地のリボンは夜会に付けて行っても綺麗だし、普段ならばリボンを使ってオシャレに髪をまとめればアクセントになる。

今はカチューシャをして帽子を被っているけれど、私のような成人して間もない若い女性でも、髪に合った色合いのリボンを編み込んだりしてオシャレを楽しんだりするものだ。

（リボン……リボンにしようかしら。服にも髪にも使えるもの。でも、ただのリボン専門店ではすぐに埋もれてしまうし、どこにも売り込みも出来ないわ……何か考えない

と）

食料品や甘味も考えたが、そういう物はどちらかというと男性のパティシエの方が美味しいものを作る。それに、どうしても王宮で食べた以上のものは売り出せないと思うと、それに手を出すのは躊躇われた。

なので、被服か装飾品に一枚噛めないか、何か必要とされないか、と研究対象をしぼっていく。

サンプルにリボンを十本、太さと色違いで色々と買ってみた。メアリ夫人に相談したら、私には分からない視点で何かを思いついてくれるかもしれない。

お使いから帰ると、メアリ夫人はストールに刺繍を施していた。シンプルなストールだったが、どうやら私が街に出る時に使うために、最近の流行の柄を刺繍してくれているようだった。

「ただいま帰りました」

「おかえり。ねぇ、この柄は好きかしら？　今、流行ってるみたいなのよ、花柄」

そうして見せてくれたのは、老婆が刺繍したとは思えないほど、私の目には可愛く映った。

シンプルなパステルグリーンのストールの端から、花が咲き乱れて花びらが散っていくような柄。花の形は明確ではなく、どこか抽象的に図案化されている。

「今はねぇ、重ね染めをして濃淡のつけたプリント生地が流行っているのよ。だけど、私は布を染めたりは出来ないからね、刺繍なら出来るから、ちょっとでもオシャレにしようと思ったんだけど……ミナちゃん？」

「そ、それです！　それです、メアリ夫人！」

私は刺繍を凝視したまま立っていたが、夫人の足元に跪いて刺繍の見事さに見入った。

リボンはそれ単体で意味を成す。差し色に使ってもいいし、お茶会のドレスなんかにはリボンベルトとしてウエストで結んでもいい。

老若問わず、女性の服にはアクセントに使われるし、髪にも使われる。

リボンを買って来てよかった。リボンに刺繍を施して、より一層華やかなリボンを専売にしよう。

最初は被服店に卸して、ドレスのアクセントに。そう、できるならば高位貴族が使うような被服店がいい。新しいものが好きなのは、よりお金を持っている層だから。

その間に、私はこの屋敷で働いているような、手先が器用で針仕事ができる人に、メアリ夫人と一緒に刺繍を教えて、量産できる体制を整えよう。

図案は被服店に卸す時にリクエストを聞けばいい。どんなものが欲しいのか、その流行を作るのは被服店であり、そこに注文する貴族とデザイナーだ。

それから、普遍的に人気なデザインに、こうして雑誌に載っているような若い子が手に取りたくなる図案。

　次々に図案の意匠が浮かび上がってくる。消えないうちに、先んじて用意していたノートに色鉛筆で図案を書き留めていく。

　同じ居間で夫人は、まぁまぁ、と言いながら私の描いていく図案を褒めてくれたり、私の為にと若い子の読む雑誌を見て刺繍を披露してくれたりする。

　刺繍糸ならばかなりの数があるし、赤系統だけでも、真紅から薄桃色までグラデーションになりそうな種類がある。

　刺繍の技術は当然ながら夫人の方が上だ。この図案は刺繍にできるかどうか、簡単か難しいか、いちいちアドバイスを求める私に、メアリ夫人はそれを嫌がらずに聞いて、ちゃんと答えてくれた。

　次の日からは、リボン生地に刺繍できるのかの実験だった。

　生地の厚さによって、細いリボンに刺繍すると生地が破れてしまうことも分かった。

　凝った刺繍を施す時には、リボンその物の生地も厚手で高級感のある絹がいいだろうとなったし、単純な花柄で埋め尽くすようなデザインならば、絹よりも柔らかく丈夫な木綿に刺繍した方がよかった。

　ドレスに使うならば、硬さも欲しいので厚手の絹だ。

　試作しながら思うが、リボンは一巻き大体20メートル単位で売られている。これに延々と、黙々と刺繍していくのは大変な作業になる。人件費は、普通に働くより少し高めに設定しよう。

技能は身に付くし、給料もいい、となれば人も離れてはいかないはずだ。

食堂で働いていたのだって、読み書きと計算ができるから裏方をやれたという部分が大きい。その分お給料が他で働くよりもよかったのだ。

私は夜な夜なノートに綿密な事業計画を書き、昼は図案を描いてはメアリ夫人の指導のもと刺繍を教わり、試作を繰り返した。

納得いくものが出来上がったのは、あのお金以外の何もかもを失ってから一月後くらいだろうか。

早い方、だったと思う。私はこの事業にチャレンジして駄目でも、もう一度くらいは新しい事業を起こせるくらいのお金と余力は残して……王都を出て別の大きな街で働かずに暮らせるくらいのお金を残して、と言ってもいいかもしれない……メアリ夫人の昔馴染みだという、マダムの経営する高級ブティックのドアを叩いた。

◇◇◇

そうして、私は貴族街に工房兼店を出した。王太子には思う所があったけれど……保証人は王太子殿下に頼んだ。なんだか、これで一矢報いた気分にもなった。

メアリ夫人は、通えるならうちから通ったらどうかしらと言って、私をまだ屋敷に住まわせてくれている。

昼には工房で働く人たちも、店員も一斉に休憩に出す。私は一人の時間が欲しかった。まだ、全くの他人を完全に信用できるほど、私のうけた傷は小さくも浅くもない。

午前中やお昼時はあまりお客のこない時間帯なので、昼は私一人で店番をしながら帳簿を付ける。それが習慣だったのに、ある日、とても綺麗で、お金持ちに見える男性がこの店のドアを開いた。

その後、彼に声を掛けたことを、私はとても後悔することになる。男性立ち入り禁止、という札でも提げておけばよかったのだけれど、リボンは男性から女性へのプレゼントとしても人気なのだ。

だから、私は笑顔でこう声を掛けた。

「いらっしゃいませ。あら、恋人へのプレゼントでも買いに来られましたか？」

まさか、その男性が、ジュード殿下の幼馴染で、将来は宰相閣下になろうという男性だとは露ほども思わなかったし、彼も私とジュード殿下の関係は知らなかっただろう。

店で一番の自信作……私が手ずから刺繍した白地に金のリボンに目を付け、プレゼントされて。

あっという間に調べたのか、殿下にあの手この手で聞いたのか、私の素性まで知って、過去まで知って、それでも私に婚約を申し込んできた、ヴィンセント様。

一生見張りが付く、貴方の幼馴染である、この国の王太子の前で自害しようとした女に、一体何を言っているのだろうと思う。

全くもって理解できない。信用もできなければ、信頼もできない。

けれど、彼は私のその強《したた》かさを気に入ったという。

全部知って、私が事業を起こし、成功させ、貴族の間に流行を作った。それが魅力で、そこが好きだと、言われた。

皮肉なことに、私は今や平民だ。体を売らない高級娼婦……詩歌音曲や政治手腕、人脈という武器を持った女性にでもならなければ、もう華やかなドレスを着て、自分で作ったリボンで自分を飾り付けて、煌《きら》びやかな場所に立つことは一生できない。

彼の手を取ったら、私は彼を手玉に取って華やかな場所に戻れるだろう。

けれど、メアリ夫人と始めて、平民の女性たちと造ったこの店を汚すような行為に思えて、それはしたくないと思った。

だから、手を取らなかった。婚約者としては。

そうしたら、友人からではどうか、と提案してくる。なかなかにしつこい。

銀髪に白い肌、赤い目という女性からも羨まれそうな美貌と、よく回る頭と舌。一筋縄ではいかないと思わせる言葉選びに性格と能力（一週間で、私のことを調べ尽くすなんて、とてもじゃないがただの文官の仕事ではない）。

友人でいることまで断ると、なんだか怖いことが起こりそうだったし、あんまりしつこい上に、私の見てくれ以上に能力や性質……それは、貴族の女性に求められるようなものではないはずだけれど……を、気に入ってくれている。

おかしくなって、泣いていたのに笑ってしまって、友人として手を取った。

ヴィンセント様は、私の人間不信も言葉だけじゃなく理解していて、毎日通うような真似はしなかった。毎週同じ曜日の、同じ時間、店に二人きりになれる時にだけ現れては、私に似合うリボンを選んでプレゼントしていく。

絶対に私が刺繍をしたものを選ぶものだから、この人は分かっていてやっているのかと、作業中も全部見られているんじゃないかと不審に思うくらいだった。

それでも、プレゼントを受け取らないことは無かったし、彼が来る日にはそのリボンを身に付けるようにした。

一見不愛想で冷たく見える顔立ちをしているのに、私に向ける笑顔は何も知らない子供のように朗らかで、顔の造りとのギャップに心臓が跳ねるような感覚に陥るのに、そう時間はかからなかったのだけれど。

◇◇◇

メアリ夫人は、とても落ち着かない様子だった。

「私みたいなおばあさんがねぇ、いいのかしらねぇ」

「私にとってメアリ夫人は家族ですもの。とびきりのオシャレをして欲しいんです。もちろん、コルセットなんて窮屈なものは要らないですよ」

「こんな曲がった腰でコルセットなんて締めたら、死んでしまいますよ。……でもねぇ、いいのかしらねぇ」

今日は、メアリ夫人の家に馴染みのブティックのマダムが来て、結婚式のドレスを仕立てて貰っていた。

ヴィンセント様と出会って一年、私は根負けして婚約者になり、そのあと一年の期間をかけて――何をどうしたかは、怖かったので聞かなかったけれど。王宮にはもう、あまり深く関わりたくない――私の監視役はヴィンセント様の役目になり、私の後見人としてメアリ夫人がついて、結婚することに相成った。

私のウェディングドレスはもう仕立てに出している。今日は、メアリ夫人のドレスを作る番だ。

素敵なドレスがいい。腰の曲がった女性でも、とってもオシャレに見えるような。

刺繍リボンを後ろで綺麗に結んで、リボンの端にはレースを飾り付けて大人っぽくして。

この事業はメアリ夫人がいなかったら成功しえなかったから、売り上げから毎月メアリ夫人にお金は渡していた。メアリ夫人はお金を屋敷の修繕や人件費にあてて、今や屋敷は大きさはさほど変わらずとも見違えるようにオシャレで綺麗で、過ごしやすい場所になった。

私の仕事部屋が増設されたり、夫人の部屋にお風呂とお手洗いを設置したり、使用人の住居部分も拡充して、家族で暮らせるようにしたり。

メアリ夫人は、使用人の子供たちが遊びに来たり、泊まりに来たりすると、本当の家族のように出迎えた。

こういう風に、自分の人生の若い頃にはいろいろあっただろうに、人に優しくしながら生きられるお婆さんになるのが、私の今の目標である。

その前に、まだまだ若いうちに熟さなければいけないことはあるし、事業を手放す気もない。私の婚約者は、私がいつまでも強かで面白い女性でなければ、きっと飽きてしまう。

そういう人だとなんとなく思うけれど、それもまた、張り合いがあって面白い気もする。

彼にとって普通の淑女の有能さというのは、画一的でつまらなく見えるらしい。

初恋がルーニア様だと聞いた時には……私と婚約して恨まれやしないかと、本気で心配してしまったけれど。

それでも、結婚式の日取りが決まり、私は伯爵夫人になるらしい。

ヴィンセント様には悪癖がある。面白くなりそうなものは、何でもやってしまうこと、そして、それをやり遂げてしまうことだ。

ペリット領を賜ったらしい。管理は今のまま王宮からの官吏に任せるらしいが、それでも年に一度は視察に行くと言っていたし、私もそれに同伴することになる。

今は19歳。両親の借金で王都から離れられなくなったから、もう何年も領地には行っていなかったし、二度と行くこともないと思っていた。

メアリ夫人のドレスを選びながら、それらのことをぼんやりと考えていた。

私はまた『ミナ・ペリット』になる。今度は伯爵夫人として。

メアリ夫人は青が好きと言っていたのに、どうしても少しくすんだような色を選びたがる。肌も白く、髪は総白髪だけれど綺麗に結い上げているのだから、もっとオシャレで綺麗な色でいい気がする。

肌を出さない分、意匠にはこだわることができるし、特に背中に模様と房飾りがついたケープコートは素敵だから、それに合わせて少し明るい青を選んだ。濃い水色というべきなのか、空色というべきなのか迷うけれど。

「メアリ夫人はどうして青が好きなのかしら？」

「だって、ミナちゃんの瞳と同じ色でしょう？　こんなおばあさんが好きだなんて言ったら嫌かもしれないけれど……」

嫌なことなんてあるわけがない。

それなら、と私の瞳と同じような色でリボンを作ろうと思う。綺麗な模様を刺繍して、当日は曲がった腰から綺麗に流れる素敵なリボンを贈ろう。

私の瞳はドレスの生地よりも濃い青だから、きっといい締め色になるはずだ。

自分のウェディングドレスを選ぶよりも楽しい。

何せ、次期宰相閣下の結婚式だから、私が着るもの、身に付けるものは殆ど自由にならなかったし。

式の段取りも、誰を招待するのかも、私の顧客や取引先の方は呼べたけれど、王宮関連の方のほうがずっと多い。当たり前だけれど。

ただ、王族はいくら幼馴染であろうと、結婚式には出られないと聞いてほっとした。

王太子殿下と王太子妃殿下は、昨年式を挙げた。今は子育て中で、お祝いの品だけは先に受け取った。なんだか、皮肉な感じがしたけれど、ヴィンセント様が言うには「あの人たちは僕と長年友達で居られるような人たちだよ？　もう、過去のことは自分たちで納得してる。反省もね」と言っていた。

自分を引き合いに出して「だからいい人」と言うような男性と私は結婚するのだと思うと、なんというか、お似合いと言うべきなのか、何なのか……。

メアリ夫人のドレスのデザインと、リボンのデザインも考え事をしている間に決まった。

ここまでお世話になっておいて悪いとは思うのだけれど、老人というのは何をするにも時間がかかるのだなぁと思う。

事業用のお金は、儲けの方が多くてまだまだ残っている。私自身の資産に、ヴィンセント様は手を付ける気はないし、好きに使えばいいと言ってくれた。

貴族ならば使用人を雇えばいいけれど、今度は平民の老人の暮らしが楽になるような事業にでも手を出してみようかしら、と思う。

私がメアリ夫人と暮らしていて思ったことだ。慈善事業なんかじゃない。老人には人生経験と知恵、技術がある。

それを教わりながら、お世話をして、暮らせるような施設の運営というのは……なかなかいいのかもしれない。

医師にかかる人も多いし、かといって医療費は高い。メアリ夫人だって、ちょっとしたことではお医者を呼ばない。もう先が長くないからと言って、私が呼ぼうとしても嫌がるのだ。

医師や、歩けなくなった人のお手伝いをするような人のいる施設……いい事業かもしれない。平民の中にだって、きっと、何か輝くような特技や昔話を持っている人はいるはずだもの。

長年誰かの家に仕えた人、お店をやってきた人、農業をやってきた人、大工をやってきた人。そういう人の知識を誰にも伝えずに、お墓の中にまで持っていかれるのは勿体ない。

私はどこまでも慈善という考えには向いていないが、何かを勿体ないと思う心や、目の付け所は悪くないんだろうなと思う。だから事業も成功したし、ヴィンセント様が私を見つけてくれた。

事業として、技術を買って、お世話として返す。そこに利益が生まれるかは、ヴィンセント様に相談すれば何かいい案を……それも、私には思いもよらない方法を……考え出してくれるかもしれない。

いい人と出会ったなと思う。それもこれも、全て、お金以外何も無いと思っていた私に居場所をくれたメアリ夫人のお陰だ。

隣で照れ臭そうに新しいドレスを楽しみにするメアリ夫人をそっと抱き締めて、私は改めて、この言葉を告げた。

「メアリ夫人、本当にありがとう。大好きよ、私のおばあちゃん」

「まぁ、まぁ……ふふ、ダメよぉ、老人を泣かせては。涙もろいんだからね」

そういって抱き締め返してくれたしわくちゃの手が、背に回る。

泥まみれで訪ねたあの日、迎えて抱き締めてくれた時と同じように、私も涙を流した。

番外編5　運命の子供　―ルーニア―

「ケイン、駄目よ。今はおねんねの時間なの」

私とジュード殿下は、あの婚約破棄騒動から半年ほどで結婚した。

あんな馬鹿なことが二度と起こらないようにと、陛下と宰相閣下、そして殿下と私の四人で日取りを決めて、すぐに準備を始め、告知を出し、盛大な式を挙げて。

私はやっぱり綺麗な服装や装飾品の方が趣味に合っていたので、うんと大人っぽいウェディングドレスにしてもらった。光沢のある生地の、マーメイドラインのドレスに、同色の糸で華やかな刺繡を施したものだ。

それでも、バージンロードを父に連れられて歩き、ジュード殿下の腕を取った時には、今まで感じたことのないほどの多幸感に包まれた。

ヴェールを取って見つめ合った時、殿下がそっと、今日は一段と可愛くて美しい、と囁いてくれたことを思い出すだけで、頬が熱くなる。

私も素直に、そして、可愛くなろうと頑張ったけれど、殿下は殿下で、私を見て、言葉にしてくれるようになった。今では倦怠期知らずな分、言葉の食い違いからちょっとした痴話喧嘩をするようにはなったけれど。

でも、二人で喧嘩をして、二人で仲直りする術《すべ》を、ちゃんと学んできたと思う。

そうやって時間を重ね、晴れて王太子妃となった私の最初の仕事は、子供をもうけることだった。

ジュード殿下のお母上にあたる王妃様は結婚してから暫く身籠らず、出産するにしては遅い年齢で子供を産んだから、と言って、陛下は10代のうちに産ませたかったようだった。

ジュード殿下の加護のお陰で私は妊娠中からあまり苦しむこともなく、健康で元気な赤ちゃんを産んだ。

ケイン、と名付けた男の子だ。出産は本当に大変ではあったけれど……、ジュード殿下がずっと手を握ってくれていたから、私もケインもそんなに苦しむこともなく、無事出産することができた。

今は2歳間近で、元気に部屋をよちよち歩きするようになっている。

けれど、困ったことに、この子には私の加護が効かない。どれだけ眠らせようとしても抗って夜泣きをするし、お昼寝もしない時はしない。

侍女や乳母たちも、可愛がりながらも手を焼いている。

ただ、それには理由があった。

本当に肝が冷えたのだけれど、殿下の書斎に入り込んだケインの頭上から、何かの拍子に高い所にあった本が落ちてきたことがあった。

高所から落ちてきた本が当たってしまえば、この子が死ぬかもしれないと、私は無意識に叫んだ。とっさに動くこともできなかった。

しかし、本が当たった場所を不思議そうに撫でて、この子は首を傾げていた。怪我一つしていないし、何か様子がおかしいところもない。一応医者にも見せたが、何の異常もないと言われた。

もしかしたら、ジュード殿下の加護を引き継いだのかもしれない、と思った。あの瞬間は何度思い出しても心臓に悪い。

はっきりさせるために、私は外出の許可を貰って、一度神殿に連れて行った。

赤ちゃんの頃から強い加護を持っていたら、私やジュード殿下のように苦しい思いをするかもしれない。

すると、どうだろう。ケインは頑健の神の加護も、安寧の神の加護もほんのりと持っていることが分かったが、一番強い光を放ったのは運命の神の像の前だった。

運命の神というのは、司祭様が神託を下したり、何か悪いことがある時に強い予感に駆られたり……という一時的な虫の知らせ等でよく知れ渡っている神だ。

その加護持ち、というのは、他の加護持ちよりはるかに珍しい。というよりも、現代にはいないとされている。

遍く満ちる神の力の一つで、本当に危急の時に、よく分からない衝動で行動したらよい結果につながった……という話はよく聞く。特に、海や山から生きて帰れたのは運命の神様のお陰だ、などと言う人は多いらしい。ただ、その時に感じた妙な確信や幸運を、ずっと感じているわけではないので、一時的に加護を与えられた、と判断すべきだろう。

運命の神の加護持ちは、確かに、過去の文献などには存在している。

記録に残ってはいる加護持ちなのだけれど、今は存在が確認されていない。

市井の間では「今これを買わないと大変なことになりますよ」などと言って他人の不安をあおる厄介な詐欺師が、運命の加護持ちだと言って横行していることが多いとも聞く。

ケインが運命の加護持ちだと他人に知られるのは、少し危ないことかもしれない。けれど、意味もなく加護が授けられることはきっとないはずだ。ケインにも、運命の加護が必要なのかもしれない。

なお、珍しい運命の加護持ちだということもあって、過去の資料と照らし合わせて、ケインを研究するための準備が始まっている。

もちろん、王太子の子供を実験材料にさせる気もなければ、私だって何があってもこの子を守る気でいるので、絶対にヘタな手出しはさせないけれど。

ただ、私とジュード殿下がそうだったように、加護を持っていることで生きやすく、幸せになれることもあるかもしれないので、しっかりとした監視のもとで、危なくない研究にならケインを協力させることはジュード殿下と話し合って決めた。

私の加護が効かないのは、どうにも安寧の神の加護も持っているせいらしく、同じ加護持ちには加護の力が相殺し合って効かない、という新しい研究も始まってしまった。

そんなことを思い出しながら、今はじっとしてゆりかごに揺られている我が子の顔を覗き込む。

「ねぇ、ケイン。貴方は、どんな大人になるのかしら？」

まだはっきりとした言葉をしゃべることのない子供に、私はそっと尋ねた。

今は殿下が眠っているので、私の私室の方に連れてきてあやしている。

窓辺からは丸い月が見えていて、すっかり目が開いてしまっているケインは、時折月に向かって手を伸ばしたりと、元気いっぱいだ。

殿下は殿下で、来年の戴冠式に向けてどんどんと帝王学の時間が増えている。今までの執務と帝王学に加えて、より一層深いところ、国の機密に関わる部分を学んでいるせいで、私にも話せないことが増えて不便そうだ。

でも、側近としてヴィンセント様が次期宰相としていてくれるし、彼も爵位を受けた。

その時にペリット領が欲しいと言って、相手があのミナ様だと聞いた時には本当に驚いたけれど……彼らの結婚式の日には、こっそり、殿下と一緒にお茶を飲みながらあの日のことを思い出して苦笑いしたものだ。そして、差出人不明の贈り物も送った。ミナ様も、自業自得の部分はあれど、私たちに巻き込まれた一人だからだ。ヴィンセント様が相手ならば、きっと幸せな未来が待っているだろう。

私の問いかけに答えは返ってこない。そして、もう少ししたら聞かなくても何がしたいのか、何になりたいのか、ケインはきっと自分で見つけ、たくさん教えてくれるだろう。

私が第二子を妊娠するなり、ジュード殿下と話し合って王位継承権を傍系に譲るなりしないと、叶えられないような夢だったらどうしよう。

子供の間は、自由に職が選べない立場だということは内緒にしておこうかな。

どうしても絶対にそれがやりたいと、ちゃんと考えて、私たちを説得できるようになる頃には、そのお願いを聞いてあげられる状況になっているかもしれないけれど。

「生まれながらの王子様も、なかなか大変ね？」

「だ、うー！」

そんなことない、とでも言うように手を伸ばして声を発する。

赤ん坊の成長速度は人それぞれらしい。言葉の発声も、覚えも、立ったり歩いたりも。

まだケインはよちよち歩きをして、会話にならない言葉を発するだけだ。

今から将来の心配をしても仕方がない。

運命の神の加護のお陰で、素敵な女性と結ばれる未来もあるかもしれないし。どんな子供であっても、未来は未知なのは変わらないけれど。

とかく曖昧な加護を一番強く受けて、他にも二つの加護を持っているケインの未来は、きっと良いものになるだろう。

もしかしたら、神様が私たちに強い加護を与え過ぎたお詫びに……だって、ほとんど呪いだ、なんて数年前には思ったものだもの……ケインに加護をくれたのかもしれない。

加護があってもなくても、元気で健康に育ってくれたら、私はそれでいいけれど。

「大好きよ、ケイン。いい子に育ってね」

あなたには、ちゃんと私たちが、友達の作り方や、付き合い方、喧嘩の仕方や、仲直りの仕方を、すぐ傍で見せてあげる。

自分で考えて、自分らしく育って欲しい。

王宮という場所は決して安全とは言えないけれど、私と殿下の傍は絶対に安全だと、たくさん抱き締めて教えてあげる。

お父さんとお母さんは、かってこんなことで別れそうになったとか、他にもいろいろ、お話したいことがたくさんある。

あの大騒ぎの後にも、私と殿下の間にあったたくさんの少し恥ずかしい笑い話を、ケインにはいつか聞かせたい。そして、自分でもちゃんと経験して欲しい。

今はまだ、何も分からないと思うから、ただ元気で健康に育ってくれればいいと思う。

病気も怪我もしたことは無いけれど、それでも心配なのは、やっぱり母親の性《さが》なのかしら？　今度、実家の母に聞いてみよう。

でも、私を育てた時の苦労話はたくさん聞かされたから、そう考えるとケインに眠らされることがないだけ、私は楽に子育てしているのかもしれない。

安寧の神の加護と頑健の神の加護は、ほんの少しずつ。これは成長と共に大きくなって、発現していくだろうと、少し老けた司祭様が仰《おつしや》っていた。

だから、今は普通の子供と変わらない。それが嬉しいけれど、成長した時にどうなるかが少しだけ怖くもある。

ふとケインを見ると、さっきまでは全く眠る気配もなかったのに、すっかり夢の中だ。

「おやすみ、ケイン。王宮は貴方のおうち、ゆっくり、安心して休んでね」

私は寝室に戻り、殿下との間にケインを寝かせて上掛けを掛けると、そっとお腹を撫でながら自分もぐっすりと眠った。

私は、王宮に住んでいる。大好きな夫であるジュード殿下と、愛おしい息子のケインと共に。

あとがき

このたびは、『真実の愛を見つけたから婚約破棄、ですか。構いませんが、本当にいいんですね？～王太子は眠れない～』をお手に取ってくださり、まことにありがとうございます！

本作はアルファポリス様での短編連載後、小説家になろう様に掲載し、その後お声がけをいただきこうして一冊の本となった小説です。長編への改稿にあたり、編集者様と共にいろいろと考え、助けていただき、やっと本になりました。感謝してもしきれません。本当に、ありがとうございます。

見つけていただけたのも、WEB版を読まれた読者様がいらっしゃってこそです。本当にありがとうございます。書籍化にあたって大きく加筆修正し、新キャラも登場し、いろんな着地点を用意して、今一度楽しんでいただける内容になっているかと思います。楽しんでいただけましたら、本当に嬉《うれ》しいです！

イラストレーターのふか様にも、本当に美麗な挿画を描いていただき、特にルーニアの美人だけど少し控えめな雰囲気や、ミナの表情の変化は見事で、作者の特権で先に拝見しましたが本当に嬉しかったです。表紙も口絵も挿絵もどれが1番なんて選べない、全てが素晴らしいイラストで彩っていただき、心から感謝申し上げます。シリアスなシーンもそうなのですが、ギャグ寄りの大事なシーンを本当に丁寧にコミカルに美しく描いていただけて嬉しいです……！

また、刺繍《ししゅう》リボンというものを私が知ったのは、ＳＮＳで流れてきたＷＥＢショップのアカウントがきっかけでした。そちらのお店の刺繍リボンには本当に美麗な刺繍がリボンに施されており……登場させてもいいでしょうか、とご連絡を取りましたところご丁寧なご返答をいただき、登場させた次第です。

インドの民族衣装であるサリーを彩るのが刺繍リボンだということも教えていただきました。こんなに繊細で美しいもので彩っていたのか、とサリーそのものはぼんやり認識していたのですが、改めて検索してみて感嘆の声を上げるばかりです。

こうしてみると、本当に私は様々な方々に助けられて作品を書いているんだなと改めて認識しました。本作も、周囲と助け、助けられ、繋《つな》がっていく人間模様をメインに恋愛を描いております。そのようなわけで、あとがきもお礼でいっぱいになりました。

読んでくださる方がいてこその本です。ここまで読んでくださり、ありがとうございました！

真波　潜

Special Thanks

刺繍リボンのお店 TRIP UTOPIA

Twitter … https://twitter.com/TripUtopia

WEB SHOP … https://store.trip-utopia.com/

真波 潜（まなみ・もぐら）
異世界をこよなく愛し、ファンタジーも恋愛も異世界ならではの設定で書きたいと願っている異世界もののファンの一人。異世界という自由さと、異世界ならではの縛り、そこで生きる人々の当たり前や常識に、読者の方々をいつでも巻き込みたいと思っている。
異世界ものを書くこと自体が大好きなので、いつも新しい異世界に思いを馳せて執筆している異世界ホリック。

イラスト **ふか**

※本書は、「小説家になろう」(https://syosetu.com/)に掲載されていたものを、改稿のうえ書籍化したものです。
※この物語はフィクションです。作中に同一の名称があった場合でも、実在する人物、団体等とは一切関係ありません。

真実の愛を見つけたから婚約破棄、ですか。構いませんが、本当にいいんですね？ 〜王太子は眠れない〜

しんじつのあいをみつけたからこんやくはき、ですか。かまいませんが、ほんとうにいいんですね？ 〜おうたいしはねむれない〜

2021年12月3日　第1刷発行

著者　真波 潜

発行人　蓮見清一
発行所　株式会社 宝島社
〒102-8388　東京都千代田区一番町25番地
電話：営業03(3234)4621／編集03(3239)0599
https://tkj.jp

印刷・製本　中央精版印刷株式会社

乱丁・落丁本はお取り替えいたします。

ISBN 978-4-299-02150-2